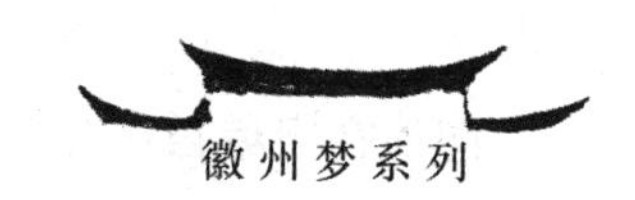

阅读徽州

赵焰◎编

北京师范大学出版集团
BEIJING NORMAL UNIVERSITY PUBLISHING GROUP
安徽大学出版社

图书在版编目(CIP)数据

阅读徽州/赵焰编. —合肥:安徽大学出版社,2015.3(2017.10 重印)
(徽州梦系列)
ISBN 978-7-5664-0901-0

Ⅰ.①阅… Ⅱ.①赵… Ⅲ.①赵焰—散文评论—文集 Ⅳ.①I207.67-53

中国版本图书馆 CIP 数据核字(2015)第 026411 号

阅读徽州 **赵焰** 编

出版发行:北京师范大学出版集团
安 徽 大 学 出 版 社
(安徽省合肥市肥西路 3 号 邮编 230039)
www.bnupg.com.cn
www.ahupress.com.cn
印　　刷:合肥远东印务有限责任公司
经　　销:全国新华书店
开　　本:152mm×228mm
印　　张:12
字　　数:140 千字
版　　次:2015 年 3 月第 1 版
印　　次:2017 年 10 月第 2 次印刷
定　　价:24.00 元
ISBN 978-7-5664-0901-0

策划编辑:朱丽琴　　装帧设计:李　军　金伶智
责任编辑:李　君　　美术编辑:李　军
责任校对:程中业　　责任印制:陈　如

目录 | Contents

代序
写作只是我的习惯

现在回顾自己的写作经历，奇怪的是内心中竟然泛不起一点涟漪，就像回忆自己何时开始抽烟，或者何时开始喝酒一样。与写作一样，这些经历，我都记得清清楚楚。只不过是，我的抽烟喝酒一直没有养成习惯，而写作，却不知不觉地养成习惯了。并且，眼看的是，这样的习惯，将伴随自己终老了。

我真正开始写作，是大学毕业后。虽然我在大学曾经写过几组诗，在《飞天》杂志发表。但当时并没有将写作当作一项事业来做。毕业分配后，我回到了自己生长的县城，很快，我发现我整天都是无所事事。在这样的情况下，我开始了写作。第一篇小说，发在当时合肥市的刊物《希望》上。很快，又在《广西文学》上发了一个短篇。写小说的路，从一开始起，似乎就很顺。接下来不久，我又在《山东文学》、《河北文学》、《清明》等杂志上发了不少中短篇。

不过写作之路对于我来说，一直是断断续续的。因为我的写作一直是业余的，而且，工作又特别忙。从 1991 年到 1993 年，我基本上是停止写作了。因为那一段时间我在宣城地委办工作，平时总是写材料，真正创作的时间很少。一直到 1994 年之后，我被调到安徽日报宣城记者站工作，又当了三五年的记者之后，觉得还是应该写一些东西，否则生活得太无聊了。就这样，从 1997 年开始，我又开始写小说了，又在《青年文学》、《清明》上陆陆续续发了一些中短篇小说、散文等，《新华文摘》还转载过。在宣城期间，我最大的收获，就是读了很多书，看了很多电影，对于传统文化、西方文化以及宗教都有较深入的钻研，并且，能把很多东西“打通”了。这一段时间的读书和思考，正好又是在我世界观形成的关键阶段。现在回想起来，在敬亭山下的“养气”，对我是大有裨益的。

2000 年，我被日报抽调回来办商报。初创时期的都市报，忙乱可想而知，一天的上班时间，平均都在十几个小时。这样，我又几乎停笔了 3 年时间。一直到了 2003 年以后，我开始调整自己的状态，陆陆续续抽空写了一些短文，在全国各地开了一些专栏，比如一些电影随笔之类，还有一些吃喝玩乐的文章。文章出来后，很受读者欢迎，在 2005 年左右，结集《夜兰花》、《男人四十就变鬼》，由安徽文艺出版社出版。

从 2004 年开始，也是机缘吧，我因为参加本报社组织的《重走徽商之路》活动，不自觉地，就把笔触伸向了徽州。我可以算是半个徽州人，从小在徽州长大，对于徽州，我是熟悉的，并且，有一种说不清道不明的情感，也在文化的自觉和不自觉的浸淫中，有了自己的独特认识和反思。于是，我开始以文化散文的方式写徽州，并陆续在省内外报刊上发表了十几篇散文。这些散文，2006 年由东方出版社结集为《思想徽州》出版。这一本书出版后，影响较大，被有关专家誉为“写徽州最好的文章”。然后，我又接到东方出版中心的约稿，让我从文化的角度全景描写徽州。于是，这又有了“中华大散文系列”的《千年徽州梦》。在此之后，又是一个偶然的机会，安徽电视台的程力约我行走并撰写新安江。近半年的行走下来，我又写了一本《行走新安江》，由安徽文艺出版社出版。这样，《思想徽州》、《千年徽州梦》以及《行走新安江》，就构成了我的“徽州三部曲”。我是出生在徽州，生长在徽州，能让自己写徽州的文章在全国广为流传，让人们关注徽州，的确是一件令我欣慰的事。

2006年以后，应该算是我写作的“爆发期”吧，我所供职的商报，已跃升为全省都市报“三强”，年轻的记者编辑成长得很快，各方面也都走向了正规。这个时候，我开始关注距离我们很近的晚清社会了，我开始写作“晚清三部曲”——《晚清有个曾国藩》、《晚清有个李鸿章》、《晚清有个袁世凯》。之所以写这些，是我希望通过切入一些敏感的人物或者话题，来进行思想和文字的发散。至于为什么选择李鸿章、曾国藩，是因为我从他们身上发现很多人类共通的东西。在李鸿章、曾国藩、袁世凯身上，不仅仅集中体现了五千年中国文化的很多东西，同时，也体现了人性的复杂性，以及世事的宿命性——他们身居高位，在行为和内心中，既集中体现了中国专制文化的很多东西，又表现出身逢时运时的身不由己……比如说，李鸿章是一个巨大的谜，李鸿章现象也是一个巨大的谜。这样的谜本身，就是极具诱惑力的。

曾国藩呢，与李鸿章不一样，是一个有着巨大内心波澜的人。他既欣喜、失望、悲怆、激越，又诚信、狡猾、阴险、平静。人类所有的情感，以及中国文化所探索出的几乎所有的可能性，都在他的身上体现得如此艰辛、如此错综复杂，也体现得如此完整。他的内心同样也经历了巨大的嬗变，只不过，他一直无法借助音乐或者文学来表现，始终压抑着自己的痛苦和困惑，也压抑着自己的欢乐和悲伤。在更多时候，他只能一个人独自面对——而我们，只能借助曾国藩留下的雪泥鸿爪，来揣测和感受这种变化。当然，在这样的过程中，一种内心的贴近是最重要的。内心的贴近，才是真正理解一个人的不二法门。所以，在《晚清有个曾国藩》的写作中，我力争以内心的贴近，让一个真正的曾国藩出现。

正因为我的写法和理解的独特，所以《晚清有个曾国藩》和《晚清有个李鸿章》由广西师范大学出版社出版后，影响很大。新浪网、搜狐网等都在首页推荐，全国上百家报刊都力推该书。这两本书还一度登上全国畅销书榜，尤其是在北京三联等书店，一度销售名列前几位。这两本书之所以引起这么大的反响，主要是用一种现代的视角去回望历史，在文笔上，用文化散文的方式来进入的，跟一般的历史传记书籍不一样吧。在我看来，晚清的确是一个有意思的年代，通过对历史的回望，可以让我们明白很多东西。

除了这三部曲之外，在这几年中，我还出版了《发现徽州建筑》（与张扬合作）、《走遍中国丛书——安徽》、第二部电影随笔集《蝶影抄——赵焰电影随笔》。在《长城》、《十月》等杂志发表了中短篇小说十来篇、散文数十篇，在全国各地好几家报刊开设专栏。我的一部长篇小说《无常》也由广西师范大学出版社出版。

这一部《阅读徽州》所选的，都是这些年围绕我徽州题材写作的一些评论。这些评论，有的发于《学术界》、《中国出版》、《当代文坛》等学术性刊物，有的散见于各国各地报刊。作者有的是我的朋友，有的我至今尚未谋面，不过他们都是徽州之缘的一部分。北京师范大学出版集团安徽大学出版社决定由我出面来收集这些文章，也列入《徽州梦》系列八本中，也算是对我的垂青。我把各方的善举看作一种鞭策，让我不敢在写作上有稍微懈怠。

回顾我的写作生涯，可以说，文学其实也就是这一辈子不知不觉养成的一个习惯。我喜欢写作这种不墨守成规的创造方式。可以说，在文学中，我找到了一种最佳的生存方式。写作不知不觉地改变了我很多，它不能让我升官发财，却能让我真正地找到了自己，也明白了自己。

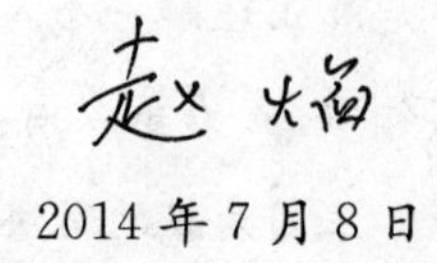

2014年7月8日

古典心情与现代意向

清朗的人生图景

正如安徽青年作家赵焰所言，他的小说都是他用心打磨的珍珠。在这些珍珠中，我们可以窥见世纪之交一幅幅清朗的人生图景，弥漫其中的温情在一片喧嚣的欲望轰鸣中尤显珍贵。

《春晓》讲述了一个卖了自己的居所承包荒山的男人，妻子因无法忍受荒凉弃他而去。逃婚的女人就是在这个大雪封山的黄昏走入了他的视野，融入了他的生活。小说截取了平凡的“他”和女人之间极其普通的人生片段，并将这种人生的片段和特定的自然环境及心理活动进行了艺术的糅合。

《冬日平常事》在赵焰的笔下文静淡雅，像一幅美丽的水墨画。天光和村里的俏姑娘相爱，但老六头怕因此失去儿子，所以反对儿子的亲事。儿子因此变得沉默，老六头最终撮合了儿子和俏姑娘的亲事。这的确是冬日里再平常不过的事了。

与《冬日平常事》类似的还有《叟》和《冬天里的斜阳》，这两篇小说在行云流水般的叙述中，将叟与同院的夫妇及其小孩之间、小青和他的作家男人之间的微妙情感娓娓道来。美好的情愫与作家敏感的心灵之间产生了强烈的共鸣，这种主客体交融的共鸣产生强烈的艺术磁场。

通过进一步研读，我们发现，赵焰并没有满足于对生活细枝末节的描摹。在我看来,展示和挖掘平凡人生的诗意,并与之进行深层次的对话,这才是赵焰叙述清朗的人生图景的内在动力。立足于一个平民视角,真正体悟生命中令人感动的成分。这种感动的成分也许并不在于他做出了什么惊天动地的伟业,也不局限于他的身份。如构成芸芸众生主体的老艄公们的举手投足都因为心灵的浸润而具有了感动人心的内在气质。在我们平凡的人生中,这样的生存方式具有普遍性。以一种坦然的心态与之进行心灵的交流要比不切实际的启蒙有意义得多。从某种意义上说,人类的英雄史诗是必要的,但揭开被史诗所遮蔽的人类的心灵史诗对于普通大众而言,则具有更为重要的意义。

温馨的青春气息

关注人的成长之痛是赵焰小说的一个支点。在赵焰的笔下,少年情怀具有别样的人生况味和文化心理内涵。

中篇小说《晨露》以第一人称、第三人称交替的手法展开叙事,以内聚焦和外聚焦两种视角拓展叙事空间,在视角转换和人称变换中,10岁男孩“我”对23岁的英俊青年玉的纯真情感得到了立体的展现,并由此打通了少年和成年人之间心灵的通道。尽管所有人对于“我”与玉的交往不能理解,但“我”无暇顾及,因为“我”单调而苦涩的内心世界变得丰富多彩起来,“我”的孩童世界因此阳光普照。玉的坠崖身亡,使“我”——“一个经受精神痛苦的情感折磨的男孩在涅槃的升华中重新复活”。值得注意的是,在《晨露》中,作家在少年和成人的双重视角中审视了死亡这个人类生存过程中无法回避的问题。在玉死后,“我”的童年也就烟消云散了。因为玉在某种程度上就是“我”童年的载体,“我”晶莹剔透的少年情怀正是在“玉”中折射出来的。在“玉”碎后，每一块碎片都烙上了“我”生命的印记。赵焰的这种生死观显然已经具备了哲学的意味：“对死的畏惧从反面促进对生的动力，它意味着人将承担起自己的命运，来积极筹划有限的人生。”

中篇小说《栀子花开漫天香》讲述的是中学生憨儿与借读到乡村的“美丽绝伦”的城里姑娘杨柳之间的故事。虽然杨柳最后离开了乡村，但她的气息就如那漫天盛开的栀子花，香味已经沉淀到憨儿的血液里。这种朦胧但却美妙的情绪在憨儿的内心生根发芽。在《秋天里的斜阳中》，男主人公少年时代的情愫具有了形而上的意义，甚至在已经功成名就死亡即将来临的时候，一切繁华与荣耀都已经成为虚空，而儿时女孩的一颦一笑竟然成为男主人公生命终结前最珍贵的回忆。赵焰以艺术家的敏感和良知，在小说中与这样的玻璃心进行真诚的对话，以一种超然的态度熨平了我们淤积于心的“折皱”。

成长是少年儿童的生命存在状态，少年儿童必须经过不断的成长，从而实现正常的社会化过程，逐步走向实现自我的未来人生。在这个过程中，少年儿童的生理与心理都在试图超越，并被文化、社会等后天因素填充，从而达到生命状态的新的平衡或裂隙。赵焰的小说曲径探幽，深入到少年的内心世界，把他们微妙而丰富的心灵生动地表现了出来。在此基础上，赵焰令人信服地揭示了这种成长之痛在人性中的沉淀、发酵，成为生命底色的事实。青春的底色虽然略显暗淡，但由于作家主体精神的强势介入而显得刚健清新。在喧嚣的新时期文坛，赵焰表现出如此浓厚的“青春情结”，我认为这是作家尊重个体生命价值的体现。现代性建构的基础无疑是人性的完善。人性不是一句空谈，它体现为个体生命的存在方式。青春期的人性具有阳刚之美，与靡靡之音构成强烈的对比，它实际上对应的是赵焰心中理想的生存状态与文化哲学模式、一种走出精神困境的方式——这种阳刚之气或许可以与阴性的古老的徽州文化形成互补。

幽远的徽州故道

赵焰生于徽州，长于徽州，对于故乡的风土人情烂熟于心。他的小说无一例外地以徽州为背景，小说也因此打上了深深的徽州文化的烙印。

实际上，面对徽州，赵焰是陷入了一种理性与情感的两难境地的。一方面，对于故乡徽州，他有一种割不断的情感，他以舒缓的笔调用心素描徽州。这个时候，徽州已经打上了“赵焰情感”的烙印。赵焰关注的是徽州的自然山水，他认为徽州人的舒缓、从容平淡的生存状态与山水灵性是相通的，这样的诗意人生反映了徽州文化的诗性特质。这种诗意生活无疑是赵焰的一种理想的生活状态。在小王老师与刘桂兰(《遥远的绘画》)的眼里，徽州的乡村简直就是人间仙境；就连武林高手一流剑客林荒原(《美剑》)也惊异于黄山的绝世美景。我们看到，在赵焰的眼里，徽州文化的自然品性更为迷人，因为是自然而不是具象的牌坊等培养了徽州文化的性格。社会的变迁可以损毁具象的建筑，但奠基于自然山水之上的徽州文化精神却可以突破历史的局限在徽州人的心里开花结果，这也奠定了徽州人的韧性和超强的生存能力。

但赵焰借助徽州山水所表现出的理想生存状态在现实中遇到了阻力。徽州地处中华腹地，绵延的山脉环绕着局部的秀水。大山的环抱成了抵御外来文化干扰的天然屏障，儒道互补的中国传统文化哲学在徽州文化中占有重要的地位，在这个相对封闭的文化场中发挥着核心的作用，主宰着人们对生命与世界的看法。在这种内向型的文化生存圈中生活的人们对外来文化有着近乎固执的排他性，并从一定程度上保证了徽州文化的内在延续性，成为中国文化的一个缩影。在中国社会全面转型的新时期，徽州文化的文静和沉稳性格在发挥着平复心灵躁动的同时，其自身因封闭而表现出的保守性与现代性话语建构之间的抵牾也日益明显。赵焰理想中的徽州文化和人的生存状态也面临现代性话语建构的挑战。更为重要的是，作家心目中的“理想”与现实之间的鸿沟在逐步拉大。

在《遥远的绘画》中，诗意人生最终没有平息小王老师一颗驿动的心。小说弥漫着一股淡淡的忧伤，它既是发自刘桂兰和小王老师的心灵深处，也是作家从心底中涌出的叹息。

《镜花缘》中的青年画家王明告别城市，决意用心画出徽州人的灵魂来。

题为《徽州的蛐蛐》的油画，“整个基调是灰暗的，背景是徽州的老房子，飞翘的屋檐以及斑驳的墙壁，整个画面有点倾斜，很险，但又很牢固。在右下角，有一群人在斗蛐蛐。蛐蛐是看不见的，看见的是几张麻木而丑陋的脸，其中有一张兴奋得完全变形……他十分兴奋地发现，自己终于寻觅到一种徽州的精神，一种现代意识与徽州古老文明撞击的火花”。徽州文化本身只有与现代意识对话才能获得新生，而现代意识离开了徽州文化或者说盲目地否定徽州的一切也会因缺乏文化的养料而枯萎，这是赵焰对徽州文化的完整而辩证的表达。

但是，尽管王明的油画《徽州的蛐蛐》和《镜子里的徽州》确实准确地把握了徽州文化因封闭所呈现出的阴性特质，但王明却难觅知音。在小说中，王明的尴尬处境所表现的是徽州文化的尴尬处境，同时，也是作家自身在面对古典情结与现代大众文化时的两难境地。

“古典”的现代意识

赵焰的小说在描画清朗的人生图景、传达温馨的青春气息、探寻幽远的徽州故道时，虽然也间接表现出一定的现实性，但由于其小说过于追求古典的抒情性，与紧跟时代的诸多小说相比，显然不够“现代”。实际上，小说整体上的立意是非常深刻的，它的现实性不是简单地表现为对躁动的现实的追逐。在欲望泛滥的时代，作为一位具有深厚人文情怀和坚定民间立场的作家，赵焰敏锐地捕捉到在一个消费化、制度化的转型期社会中的精神现实的浮躁。浮躁意味着思想的苍白、人文精神的游离，并最终导致意义危机。著名美籍华裔中国思想史学者张灏指出，在中国人的心智结构中，有着三个层面的“精神迷失”，分别表现为“道德迷失”、“存在迷失”与“形上迷失”。这种意义危机在转型期社会表现得更为明显，但是在大众文化的巨大诱惑面前，作家们丧失了应有的警惕，缺乏清醒的意识。问题小说的走俏便是顺应了市场热点的需求。虽然我们无法否定问题小说的当下性与现实性，但大众文化的快餐性质使得问题小说缺乏精神建构的深度和连续性，在一定程度上使作家对物质现代性所形成的人的制度化产生幻觉，从而认同人的制度化，这与现代性对于人性完善的内在要求是背道而驰的。艺术在一个民族现代性话语建构中的角色除了舒缓人与社会的紧张关系，更为重要的是要以自身独特的形式，构建连接人类心灵与时代精神的桥梁。这就需要超越特定现实具象，在形而上的意义上构筑人文镜像。在这个镜像中我们可以触摸到人类心灵的脉搏，感受到精神的呼吸，而这些丰富的细节在现代性话语建构中的人文内涵则是赵焰所努力探掘的。

正是在这个意义上，赵焰说对纯粹现实的东西不感兴趣，现实所包裹的情感、精神和一切灵性的领域才是一个作家应该努力寻找的，尽管这种努力一时还不被大众文化所认同。事实上，赵焰并不排斥艺术载道，但他认为，这个道应该是一种超越具象的、能够经得起时间考验的独特的文化哲学，这种文化哲学因为作家自身主体的介入和文化根性的渗透而显得丰盈厚重。在赵焰的小说中，一方面，我们可以从作家自身的心路历程和主体精神脉动中感受到时代变迁，在《春晓》、《冬日平常事》、《镜花缘》等小说中，我们可以清晰地聆听到时代的心声；另一方面，在小说《二人行》、《隔墙有耳》、《大学生小安》、《小说二题》、《黄蚂蚁》等中，我们看到，作家甚至利用反讽等艺术手法直接介入现实，对人性的萎缩、现实的无奈等都有所涉猎。但赵焰的艺术触角并不仅仅停留在现实的具象上，现实只是他揭示意义危机的支点，以此为基础，赵焰在对徽州文化底蕴的深层把握中揭示徽州人的生命状态——古老的文化品性与现代性之间盘根交错的胶着状态。虽然赵焰无意为这种文化品性如何融入现代性话语提供具体的方案，但作家在叟、老六头、王明、"他"等人物身上倾注他理想的文化形式与人生的存在方式；对人的青春情愫的钟爱，暗示了赵焰的理想人性和文化的存在状态——青春气息所固有的刚健清新在欲望化、消费化时代的文化格局中应该拥有最大限度与广度的合法性；徽州文化的超稳定性、封闭性与中国现代性话语建构之间的深层次冲突绝不能简单地以破坏文化的物质基础为代价，在深层意义上整合文化资源、转变人的生存思维才是关键。这样的文化观与生存观是以尊重和理解文化与人的生存现实为前提的，它强调宽容和理解，在与心灵、文化神韵的对话及交流中创造新的价值体系，这样的价值体系是防止人走向异化的精神支柱。至此，我们可以看到赵焰小说在古典叙事包裹下的现代意识。这种意识的聚焦点是人的现代化，而人的现代化无疑是现代性话语建构的关键之所在。

我们还可以看到，赵焰在张扬自身的现代意识时，使自己游离了新时期小说创作的欲望同心圆。我们知道，自由的心态是知识分子品格得以张扬的重要保证。但是，中国作家在挣脱政治工具论后，一些人又主动地放弃了难得的创作自由，一头扎进了欲望的同心圆。欲望的同心圆实际上是现代性危机的一种社会征兆。物质现代性的进展和实现必然需要制度的保证，制度在实践中逐步成为一种新的体制，这种体制需要社会的物质和精神氛围支持。在社会转型期，主流话语对欲望化话语持一种默许和鼓励态度，因为欲望是激发人们去发财致富的直接动力。知识分子当然没有理由否定这种欲望话语的合法性，但知识分子并非只能被动地适应和毫无立场地随波逐流，因为就现代性而言，知识分子的责任更应该在于为物质现代性提供批判性质的审美现代性话语。尽管抗拒本身不能实现利益的最大化，但是这种略显悲壮的突破对于民族精神建构和文学自身而言更为重要。赵焰小说没有铿锵有力的鼓舞和鞭策，但其平淡的况味与平庸的确有天壤之别。平淡中的从容可以陶冶精神和净化灵魂，有利于新时期小说的丰富和发展。

陈振华

阅读徽州

突然间就萌动了游黄山的欲望，于是在“十一”假日，一个人随团南下，登黄山名胜处，赴宏村绝佳境。一次黄山之旅，印象最深处，在于徽州的青砖黛瓦。而真正阅读徽州，还是从赵焰笔下的《思想徽州》开始。

徽州的文化、建筑、三雕、牌坊、宗祠，无不彰显出徽州特有的文化韵味。面对徽州，作者产生的忧惋与叹息，是一种解不开的文化乡愁。赵焰的徽州，是雨过牡丹日出桃花，既庄严端肃，又佻薄蕴藉；是春草生，茜裙新，让人在阅读中心生无限愉悦。作者文字轻灵而飘逸，却又不失深沉与厚重。“成也好儒，败也好儒”，徽商把积聚的财富，衍化为青山绿水间的牌坊、祠堂、故居楼阁，精美细致的砖雕、木雕、石雕随处可见。只是这些如吴冠中笔下优美的国画般的徽居，随着时光的雕琢洗涤，泛出更加黑白分明的静谧之光，与那些泛黄的族谱、典籍、老字画、与明清时期盛极一时的徽商，一起慢慢黯淡。这些徽商巨贾，如暗夜天宇闪亮划过的流星，陨落之后归于沉寂。

在开篇，作者如此叹息：“在现在的浮躁和虚荣中，见不到真正的徽州精神，也见不到真正的徽州，徽州在尘土飞扬中变得越来越模糊。”模糊的不仅仅是真实的徽州，还有徽州的历史、徽州的人文、徽州首富曾经的辉煌。宏村的汪定贵、西递的胡贯三、“承志堂”里看不到隐没山水偏居桃园的淡泊，却显示出对功名利禄的欲望与追逐。作者感慨，徽州精神没有鹰的沉静，却有青山绿水间蝴蝶翩翩的安详。绩溪上庄的胡适，清明理性，中庸而平和，成为东西文化集大成者，是徽州文人的总体现。作者缓缓而叙的还有朱熹、戴震、胡雪岩等人中之龙，从其笔下，这些历史人物的文化内涵及思想观念，与徽州的人文历史一脉相承。

徽州，有着厚重的历史，汤显祖“一生痴绝处，无梦到徽州”，便让后人读出汤的无奈与不屑。从明中叶至清末三百余年，徽商人缘际会，异军突起，叱咤风云，达到商业巅峰，他们却将财富转回家乡，造房架屋，依附于土地，归隐于山林，寻找人生的安全感。名闻遐迩的宏村、江村、汪庄、呈坎、西递……殷实的财富，消耗于封闭内敛、阴暗逼仄的粉墙黛瓦，这样的徽派建筑，充满着精巧的算计和委屈的心思，同时也彰显着这些巨贾儒商归隐的无奈。

《徽州人》是全书最有光彩的篇章。这方水土曾是避难离祸的世外桃源，他们聚族成村、耕读经商，以诗书传家，形成了独特的人格与气质。虽外表谦和，骨子里却充满了倨傲和提防。他们低调处事、入世很深，却不玩乾坤于股掌。徽州人走出大山，便是鲲鹏扬翼。晋商只知聚拢财富，是典型的土财主，而徽商则有明显的不同，那便是儒雅之气，“贾而好儒”是其标志。作者叹息道：“后期的徽州人既难产生超凡脱俗的陶渊明，也难产生愤世嫉俗的八大山人，整体变得实在而功利，多少也印证了当下徽州这块土地上为何难见舞风弄潮的大贾巨商。”

徽州人到底是怎样的人？徽州精神又是什么？读《思想徽州》，方知徽州人朴素、简单，又自满自得、封闭狭隘；便知徽州人理性务实，有积极入世的精神，极力追求仕途与财富；为人更精明、工算计、擅经商；人生的负重较多，深埋求仕、坐拥财富心态之下，是与山水共融的愿望；缺少“敢为天下先”的勇气，性格是暗藏执拗与固执，虽表面平和，内心却坚如顽石，定力十足。正如竹山书院对联“竹解心虚，学然后知不足；山有篑进，为则必要其成。”既无“唯楚有材，于斯为盛”的张扬与霸气，亦无“风声雨声读书声，声声入耳；家事国事天下事，事事关心”的襟怀与气魄。徽州人生境界大抵如此，内敛成保守，守拙为平庸，节俭滑向吝啬。

盛极一时的徽商，就这样慢慢暗淡了。特别在有月的夜晚，观徽居，就像一个巨大的坟场，埋葬着无数归根的幽灵。仰望老屋“四水归堂”的天井露出的那方蓝天，让人生发关于这块土地的缕缕遐思。

徽州文化传承悠远，恰似一条河，于群山巍峨里始终静气流淌。徽州的文化背景，难道不是中国文化的缩影？

读罢徽州，方悟，为人至境，莫过于过俗世人生，作锦绣文章。

梅　逸

情至深处已惘然

徽州是安徽省南部的一个区域，赵焰和我是徽州同乡，但对故乡的看法，我和他却一直没有交流。我出生的村庄去县城的路上会经过一座山，高高的顶上有一个建筑物残存的一角。我一直以为，那是一座庙的一角，赵焰却告诉我那是风雨亭的一角，以前那里有一条官道通过。现在道路湮没，独有风雨亭留下一角。我曾经读过赵焰写的一篇关于南京的散文，这个关于别人的城市，他写得轻舞飞扬。关于自己的故乡，他会如何下笔呢？

我曾经从赵焰的博客上读过他的系列文章——《行走新安江》，从那些文章中，我可以感受到那推动新安江江水流淌的力量也让作者的血液流淌。他的书让我想起小时候我们经常做的一个游戏：在暗夜里用手掌蒙住手电，让手电灯光穿透手掌，我们能从映红的手掌上隐约看见骨骼和脉络，像是夏日中午被阳光映照的一片树叶——上面的叶脉清晰可见。《千年徽州梦》这本书似乎就是赵焰用自己的思想来映照自己的故乡。他审视着故乡曾经的社会、文化和人物，反思着徽州的辉煌一梦。

赵焰的《千年徽州梦》让我想起我大学时读过的一本书：美国坚尼·布鲁克尔著、朱龙华翻译的《文艺复兴时期的佛罗伦萨》。佛罗伦萨是意大利文艺复兴运动的发源地，素有“西方雅典”之称，而徽州有“东南邹鲁”之称。徽州鼎盛时期是在明清之际，在年代上略晚于文艺复兴时期。《文艺复兴时期的佛罗伦萨》可以说是关于一个城市的断代史，它分析了佛罗伦萨的人民、经济、政治、宗教和文化。《千年徽州梦》也对徽州这块土地做着同样的努力，但本质上它是作者的心灵史，作者似乎在借着这本书找寻自己。佛罗伦萨的旧译名是“翡冷翠”，几年前我曾到过那里，看到的佛罗伦萨的基调并不真的如翡翠般的绿色，而是色彩斑斓。站在那里，我想起粉墙黛瓦的徽州，故乡的建筑隐现于山水之间，墙很高，窗户很小，显得有些暧昧，风花雪月的故事都在暗处秘密地进行，有的还没有开始就已经枯萎。英国学者哈罗德·阿克顿关于佛罗伦萨写有这样的话：“(一见到佛罗伦萨，)你就会浮想联翩，你会想到人类文明，想到充满个性的历史人物，想到一段至今未绝、强而有力的传统。即使你对历史知之甚少，一种往昔的体验也会流贯全身，这是一个光彩照人和生气勃勃的往昔，既未蒙尘埃，也没有死去。”(朱龙华翻译)关于徽州，赵焰在这本书里用了六个章节来叙述，分别是“春花秋月”、“阴晴圆缺”、“阴历阳历”、“八千里路”、“遍地风流”和“镜花水月”。虽然全书洋洋洒洒20万字，但在扉页上却是《金刚经》中这样一段话：“一切有为法，如梦幻泡影，如露亦如电，应作如是观。”这很有些“吟罢低眉无写处，月光如水照缁衣”的况味。这则偈语赵焰是在写书前就想到的、还是成书后加上的呢？情不知所起，却终归于惘然。赵焰在该书的“尾声”中写道：“徽州老了，所以它在更多的时候，已变得失语和沉默。而我的任务和责任，就是诠释这种沉默。”

在“尾声”处，赵焰同样写道：“写作就像一根无形的绳索，我用我的回忆和想象拉起徽州在电脑里蹒跚而行。我的一只脚踏进旁征博引的泥淖，另一只脚则踏进想象与思考的巫术。”这里可以借用一个流行的比喻：潜水衣和蝴蝶。当作者从故纸堆里旁征博引的时候，他负重和窒息，但他的思绪又时时像蝴蝶一样飞扬起来。

徽州对我来说，它就是一个故乡，像所有人的故乡一样。

小时候冬日里去放牛，我的手放在牛的脊背上的那种暖暖的感觉至今记忆犹新。徽州在赵焰的这本书中，它更多体现的是一种精神上的存在。连他在徽州的私人生活有时也呈现出公共的意义，比如说书中提到他外公的去世就犹如一个简单而深刻的象征。另外，他外公的一脉是作为徽州“土地神”汪华的守墓人而繁衍的。所以，徽州对赵焰来说，有那么多的素材值得他去怀想、去铭记、去感悟、去话说从头。这些年来，他致力于徽州和徽州文化的考察、探究，著有《思想徽州》等著作，为中央电视台20集大型专题片《徽州文化》担任总撰稿。他似乎要描摹出“那最绝对、无人可见的、谜一般的”终极徽州。“谁能保持一滴水珠在石头上湿润”，这是雕刻在西藏玛尼石上面的一句祈祷。

朱彪军

读书看徽州

虽说立秋已过，但气温一点也没有下降。双休日在家休息，书房里的温度始终在35℃上下徘徊，人坐其中，热不可耐。书桌旁的“冷风机”可能功率较小，吹来的风一点降温效果也没有。无奈之余，只得退避三舍，躲进小房间，打开空调，做了一天多名副其实的“宅男”。闲来无事，只有与书为伴。正好前一时期买了赵焰写的《思想徽州》、《行走新安江》、《徽州老建筑》和《徽州梦忆》，故走马观花地读了起来。我是老徽州，生于斯，长于斯，老于斯，可以说对徽州的了解与感悟是深刻的。所以一般有关“徽州”的书，我只要上手一翻，都有种“似曾相识”的感觉，因为皆无多大新意，大都是资料的堆积，表层的分析，莫名的陶醉，似乎对徽州的研究，已步入了一条死胡同。而读赵焰的书，有种耳目一新之感！他虽然讲的是徽州，但更多的是自己的思考与见解，他先将个人完全融入于徽州之中，而后又从中彻底走了出来，站在当代的高度，用“第三只眼”来看徽州，评价徽州过去的那些人与事。那些山水与建筑，将一个立体的、全方位的徽州，真实地展现在大家的面前，让人欢喜、使人忧伤、促人反思！从而，从中悟出一点什么，得到一点什么，使“开卷有益”成为现实。

这四册书，我粗览一遍后，感觉作者不仅思维广阔、天马行空、把握恰当、时出新意，而且文字飘逸、知识面广、很有个性。虽也有一些重复和值得商榷之处，但总体上是成功的，是用我笔写我思，极易引起他人共鸣。使我们对过去已形成的模式、概念，重新进行思考、判断，并从中受到启迪。正如书中提示所概括：“赵焰第三只眼看徽州系列丛书是对于徽州以及徽州文化的全面解读。从不同的角度，以生动而富有穿透力的现代语言方式，全面而深入地阐述和诠释了徽州历史、地理、文化、人物，既有整体概貌，同时，各书又各有角度，各有侧重点。文笔清新优美，具有丰富的人文内涵和浓郁的艺术感染力。”语虽稍重，但大致符合。赵焰先生对这几册书是花了很大功夫的，他不仅多次深入徽州，通过零距离的接触、广泛搜集第一手史料，而且做了较为广泛的研究与全方位思考，是很有思想深度的。譬如他说：“一个人对一个地方的感受，绝不只是单单的字面意思，更多的，是游走在文字边缘的喟叹，是魂魄在字里行间的舞蹈，在一个地方生活得久了，地域灵魂就会和人的灵魂合而为一，只有在夜深人静的时候，在万物归一的时候，它们才会悄悄地浮上来，彼此之间对视凝望。”对此我深有同感。又如他说：“徽州就是一个人、一幅图、一物件、一本书、一杯茶、一朵花……当安静地看，用心地品，用思想去解剖，用体温去摩挲，用禅意去赏玩。”不仅写得很形象，而且很美，让人极易产生一种去了解、去感受的欲望。他认为：“在徽州人身上，有一种独特的味道。尽管他们不引人注目，那么低调内敛，但他们身上一直残留着一种独特气质”；“徽州人是很固执的，他们很少能听进别人的意见，大多是一些目标异常坚定、毅力非常强、韧性非常好、行动非常小心而又异常执拗的人”；“凡是需要技艺、耐心以及聪明的，徽州人总比别人做得更好”。这些概括也是比较准确的。尤其是他对“徽州老建筑”的了解与研究，更让我这个土生土长的徽州人汗颜不已！他从民居、祠堂、牌坊，谈到了戏台、园林、书院、桥、塔、亭，几乎包揽了所有的徽州老建筑，气魄之大、手笔之大、搜罗之广、描述之细，令人叹为观止！完全可以说，这套系列丛书，是赵焰多年研究徽州的一个小结，是他内心世界的一种表白，更是他个人天赋、才气、魅力的一次精彩展示。我至今仍不认识赵焰先生，但我早知其人。他比我小 9 岁，是安徽旌德人，早年曾在徽州生活过，毕业于安徽师范大学，现供职于合肥的《安徽商报》，曾听若齐兄多次提起过他，是位著作等身的安徽著名作家与学者。我喜欢他的文字与灵气，更希望今后能读到他更多更好的有关徽州的文章。

晨 欣

追忆与想象

“在我们同过去相逢时，有某些断片存在于其间，它们是过去同现在之间的媒介，是布满裂纹的透镜，既揭示所要观察的东西，又掩盖它们。这些断片以多种形式出现：片段的文章、零星的记忆、某些残存于世的人工制品的碎片”。这些断片诱惑着我们去追忆去想象过去那个消逝在时光之中的世界。对于出生于徽州、成长于徽州，后来离开徽州、又情系徽州的赵焰来说，徽州不仅仅是一个与流逝的时光在一起的过去的世界，也是祖祖辈辈生活于斯歌哭于斯的土地，更是一个与自己有着千丝万缕隐秘联系的地方。童年印象里外公外婆像一幅巨大古代容像静穆无声地端坐在老屋八仙桌两旁，小时候玩弄的老银元、印着咸丰或光绪的老铜钱、精美的青瓷蟋蟀罐等，都引诱着他去想象外公外婆家以及他们一生的光景，甚至想象和他们一样生活在这片土地上的人们的过去。这些人物消逝于时光的烟云，但并不是不存在，就如赵焰对编撰了资料全备的《歙县县志》的许承尧在《歙事闲谭自序》中所言“垂老观书，苦难记忆，因消闲披吾县载籍，偶事副墨，以备遗忘”的分析：“他说的‘以备遗忘’，不是针对个人，更像是对未来。也因此，这本书更像是回忆，是一个老人对前世徽州的，对前世徽州的回忆与总结。眼中有大美者，内心必有敬畏和惜缘……回忆，是怀念，是存留，更是确立一种根基。”赵焰陆续出版的徽州系列书籍也可以作如是观。

近些年一直关注文化古城研究的陈平原，相继组织一批学者陆续出版了关于北京、长安和开封等古城的研究著作，他提及自己倡导致力的“都市想象与记忆”研究时总结到，“同一座城市，有几种面貌：有用刀剑刻出来的，那是政治的城市；有用石头垒起来的，那是建筑的城市；还有用金钱堆起来的，那是经济的城市；还有用文字描绘出来的，那是文学的城市……有城而无人那是不可想象的，有了城市与人，就会有说不完的故事。人文的东西需要不断地去讲述、辨析、阐释。借用城市考古学的眼光，乃是基于沟通时间与空间、物质与精神、口头传说与书面记载、历史地理与文学想象，在某种程度上重现三百年、八百年乃至千年古都的风韵的设想。”赵焰独立完成的第三只眼看徽州系列《行走新安江》、《徽州老建筑》、《老徽州》等系列作品，分别探索了山川地理中的徽州、古老建筑中的徽州、历史烟云中的徽州，通过永恒的山水观测古时的人文与心态，老建筑中的牌坊亭桥宗祠等来寻思当时的思考与期望，历史文字中记载的轶事与奇文来寻觅那些徽州人的踪迹。他的关注点仍然是“地方与人”：徽州这个避难的桃花源、诗意的家园、文化的渊薮、漂泊游子的故乡；在徽州所成长所生活所走出的人；他们的经历、他们的心境、他们的历史踪迹。不断地讲述、辨析、阐释，以期达到陈平原所追求的“借用城市考古学的眼光，乃是基于沟通时间与空间、物质与精神、口头传说与书面记载、历史地理与文学想象，在某种程度上重现三百年、八百年乃至千年古都的风韵的设想”。所谓的“第三只眼看徽州”，我想这第三只眼，不是历史进化观的政治的眼光，也不是“文化搭台，经济唱戏”的经济的眼光，而是一种向后看的、向被历史尘埃所漫漶的过去和被时间所流逝的人物看的文化的眼光。这些书没有正史般的冠冕堂皇，也没有精确的数据统计，有时候被看作文学化散文化诗化的文章，但并不掩盖它们的价值，城市文化研究学者乔纳森·雷班区分了对城市研究的软性城市和硬性城市，“我们想象中的城市，梦幻般的，神话般的，激动人心的，噩梦般的软性的城市，和那种我们可以在城市社会学、人口统计学和建筑学专著的地图和统计数字中定位的硬性城市同样重要，甚至更加真实”。

徽州，之所以有名不是因为是几朝古都，也不是出了多少影响历史格局的人物，而是一代代历史主体的小人物，在这片钟灵毓秀的土地上，活出自己的喜怒哀乐，有自己天地人伦的操守，奋斗出自己的幸福，创造出自己的历史，在历史文化的信仰中活出自己的意义，他们缅怀先人注重宗祠家谱，也渴望着后人缅怀，把自己的痕迹铭刻在宗谱上、宗祠里，体现在家园建筑风格上，体现在高高的牌坊上……

现代哲学产生以来，人们逐渐意识到，空间是一个非物理性的概念，是种种政治经济现象、文化现象和心理现象的集合，在一定程度上，空间总是文化性的，形成空间概念的方式、空间的体验形式以及空间的构造，极大地塑造了人们的生活和对时间的过去和未来的想象。“千百年以来，在这片神奇的土地上，走出了灿若星辰的历史文化名人，诞生了光彩夺目的徽州建筑、新安理学、新安画派、新安医学、徽州戏曲等，徽州人在众多的领域创造了无与伦比的辉煌，徽州也因此有‘东南邹鲁’、‘文化之邦’的称誉。其中徽州建筑是徽州的一大标志，至今这里还保存着数量惊人的古建筑，蔚然壮观：民居精致，祠堂高矗，牌坊肃穆，庙宇恢弘，宝塔摩天，古桥精巧，楼阁玲珑……在经历了许多人为的破坏和岁月打磨后，幸存下来的徽州古建筑淡定地矗立着，展现的是惊心动魄的沧桑和精神意蕴的恒久。鳞次栉比的徽州古建筑，犹如层层叠叠的藏经洞，隐蔽了数不清的秘密和宝物，它们需要打扫、清理和保护，进而是重新的评估和发现”。《徽州老建筑》中，赵焰既是一个考古学家，发现清扫整理这些古建筑，探索它们的价值和意蕴，又是一个侦探，沿着残留的蛛丝马迹，寻觅和猜想过去的一鳞半爪，意图去想象过去的整个世界和那些生活在这个空间中的人的隐秘情愫和私密欲望。

地域是有灵魂的，徽州早期是山越人生活的地方，由于其优美的山川环境和优越的地理环境，成为了中原氏族避乱的好去处，经历了东晋、唐末和南宋的三次大迁徙，使徽州村落和民居的建筑具有充分的氏族宗法特色，如史籍记载，“乡落皆聚族而居，族必有谱，世系数十代”。几乎是一村一姓，世代相延。正是这种严格的宗法制度，徽州的祠堂集聚成为一大特色，祠是祭祀祖宗和先贤的地方，堂是宗族成员处理日常事务讨论宗族活动的地方。气势宏伟的祠堂也是宗族的象征，这些肃穆的祠堂也促进了这种宗法制度和宗族内部人员的身份认同和宗族内部的凝聚，“正是这些祠堂，形成了‘千年之家，不动一抔；千丁之族，未尝三处；千载谱系，丝毫不紊；主仆之严，数十年不改’的徽州宗法思想和宗族制度”修祠堂不仅是对祖先的铭记，对自己宗族文化的塑造，也是对自身身份的认同，正是这种千年传承的家族谱系塑造的文化制度深深体验了中国人的生命信仰，也缓解了宗族成员对死亡和生命意义的焦虑。比如，20 世纪 60 年代就被列为“国保单位”的呈坎罗氏宗祠，全称“贞靖罗东舒先生祠”，以宋末元初的不愿出仕而怀着对先祖的恭敬和对后世的关怀，潜心整理罗氏族谱的高德隐士罗东舒命名，仿曲阜孔庙的规格，陆续建造了七十年，耗费白银一亿两。如斯精美浩大的工程反映了徽州对宗祠重视的一斑。

徽州除了有浓郁的宗族制度以及相应于自然经济的耕读文化，还有很浓厚的商业氛围，自古无徽不成镇，由于徽州接通南北、交通便利等有利条件，延续三百多年的徽商成为中国历史上的一个商业奇迹。早在秦汉时期，项羽就曾表达过取得辉煌之后不还乡就好比衣锦夜行，徽州人也有很深的乡土情结，当他们在外经商或做官，取得一定成就之后，就在家乡经营园林建筑或者修建祠堂。徽州人对房屋建筑的精致追求让人叹为观止，在《徽州老建筑》中赵焰有详细的描绘。如果说修建祠堂是对宗族的追认，对前世和未来的想象，那么徽州的房屋建筑则深刻体现了徽州人现世的期盼和追求以及所营造的理想叙事的生活空间，表达着自身的地域文化和审美情趣。“在地理、地貌、树木、植物之外，人也参与了空间的建造。通过规划与建筑，参与了与自然空间的合作，使之变成我们的生活空间。他的房屋，街区，广场，城市，依着山势或临着河湾，每一片建筑群落都曾经是他们的心性和文化品质的具体表征，这些建筑空间记录着他们过往的生活世界，只有这些建筑物有能力呈现昔日的空间。建筑物不是一个物理的空间，它是一个行为，一个事件，或者说是一系列行为和事件发生的场所。更常见也更重要的，它见证了一种特殊的生活方式。建筑群落所组成的空间承担着一个地方居民的群体记忆。建筑物和它所构成的某种城市景观或地方景观，是一个地方人们的一部精神传记”。徽州的建筑就是一部徽州人的生活和精神的传记。

不同于《行走新安江》写徽州的山川地理、《徽州老建筑》叙绘徽州的古建筑，《老徽州》则集中介绍了徽州的一些历史事迹，体现了作者对人自身的直接关注，那些来过徽州的历史人物、那些徽州本身的奇人异事、那些走出徽州的人物，经过作者苦心的资料和老照片收集，我们可以看出徽州人的历史踪迹。三本书各成一面，相互启发，成为经典的地方文化叙事著作。

这三本书不仅是对一个地域文化的研究，更带有深深的人文情怀和历史思考，“徽州就是一个人、一幅图、一物件、一本书、一杯茶、一朵花……当安静地看，用心地品，用思想去解剖，用体温去摩挲，用禅意去赏玩，当所有的一切都不可避免德商业化,带着他们的人、事以及心思时,一个人能够独守空灵,借助于某种神明,用内在的纽带试图去接近那一片安谧的气场,就该是一种幸事吧?这样的感觉,与其说是思念的流露,不如说是乡愁的排遣。一种坠落于时空变幻中复杂感情的宣泄”。第三只眼看徽州系列既是对生于斯长于斯的文化的追怀和复杂感情的宣泄,也是人类本身对我是谁的追寻和对自身文化的反思,“城市文化还是一种特殊的文本化的身体。确实,它是一个我们从里面穿过时自己编织的叙事网络”。

隋洛文

在徽州的时空思索

这里的星空越来越凸显出动人的魅力，相对封闭的空间，使时空在这儿停住了脚步，与灵秀的黄山同在的这一片被称为徽州的土地，轻灵而又沉重，蜿蜒而清澈的新安江流向富庶的、号称“天堂”的江南，那如画屏似的富春江风光，是如何的如诗如画。但在这片天空下成长的赵焰，却不怎么赞美这徽州的山，他把美到极致的黄山，以及齐云山，都撇出了徽州，因为它们的美是大美，不仅仅属于徽州；属于徽州的，他说倒是这众多的寻常的、并不著名的山。这些山“它们平常得不能再平常，一点也不引人注目，是彼此之间没有特色也很难相辨认的”。但寻常却是最具生命之力的，凝重的山与轻灵的水，共同孕育了历史上的这一群风流人物——徽州人。随着商品经济的得到重视，徽商的形象正逐渐摆脱了历史的云遮雾罩，以一种较接近真实的面目走进了人们的视野，于是研究徽商一时间成了炙手可热的命题。其实这远远不够，徽商有徽州人的鲜明特征，有徽州人喜儒的品性，有把白花花的银子换取浅斟低酌的精致的生活风尚，但到底还不能说徽商就是徽州人。

徽州人到底是怎样的一个族群呢？这是身为另一个“好儒喜商”族群的我所最感兴趣的。这些年有关的书籍也读了若干，深深浅浅的印象也留下一些，但似乎一直在期待一本更加透彻的有关徽州人的著述。赵焰的这本《千年徽州梦》的出现，恰恰令我表现出了一种异乎寻常的兴奋，或许冥冥间已经有了某些先见的感应。应该说，就目前而言，这是一本我阅读到的在这方面最好的书。这似乎与作者那种超乎他人的识见颇有关系。虽然关于徽州的记忆，赵焰有更多的生动的细节，感性的甚至煽情而荡人心魂的，他完全可以一种赞歌式的抒情，去抒写心中最美的故事，甚至歌咏那因相对封闭而得以保留下来的粉墙黛瓦、幽深小巷，乃至背倚斜阳的那种久违了的田园牧歌。这当然是更多写徽州者的选择，一种文人的怅惘在新安江那跳金跃银的摇漾中渐行渐远。然而，这肯定不会是赵焰，他当然也算是文人，但这有关徽州的文字里，他却更似一个思想者。山山水水的绮丽里，他寻寻觅觅，不是为了单纯的怀旧，那种远逝了的辉煌，于他只是一份历史意义上的参照，是供他思索，甚至反省的标的。当然这也必然要涉及具体的人与事，那些曾经存在过的，甚至叱咤风云的徽州人，也就在他的观照之中了。从朱熹、戴震、王茂荫、胡适、陶行知，从声名赫赫的胡宗宪、胡雪岩，从勤谨诚信的一代代徽商，到具有反叛精神的悲剧英雄汪华、方腊、汪直，洋洋洒洒一两千年的时空，都在作者笔下腾挪翻滚，徽州在他这儿，更多地体现了一种绵长的文化的概念，更多的生动，乃至有血有肉的细节，是支撑这种概念的不可或缺的基础，而这其实也正是它之所以引人入胜的原因。

生动的细节十分重要，但过分的沉溺，或者纠缠可能招致叙述上的本末倒置，毕竟这不是完全叙述意义上的例如小说的体裁，其思辨性的意义赋予了它更丰富的思想及文化内涵。我特别欣赏作者这份跳出徽州看徽州的宏远襟怀，他时时把徽州置于一个更辽阔的平台来衡量。例如，在叙述时十分注重以一种大历史的历史观来贯穿于文字的阡阡陌陌之中，叙事写人及说理，于是就呈现了一份豁然的通脱。在有关徽商这一族群的叙述中，他更多地联系当时的中国，乃至世界的情况，从尽可能宏大的场景上去条分缕析。这份冷静的睿智，似乎更多了些客观的成分，也使赵焰有关徽州的叙述更趋合度，因此也具有了一份浓郁的理性的趣味。

赵焰说他一直想描绘一个真正的徽州，在写这书时这应该是他努力坚持的理念。是否能够？恐怕仍然不好说，依不佞之见，到底不过仍然属于赵焰的徽州，但这也没有可遗憾的，他不是以“如梦如幻如泡如影如露如电”为小标题来写徽州种种？徽州如梦似幻，空灵而迷离，在这片土地上游走，重要的是文化的领悟与享受思想的快乐。去过的或未去而想去了解徽州的，我以为不妨读读这书。

林伟光

一个思考者眼里的徽州

两年前的深秋，我与赵焰结伴同游徽州，到西递已是暮色苍茫时。白天的喧嚣与纷杂像潮水般地退去，一种古意盎然、绵长悠远的韵味不经意地在村前庄后弥漫开来。晚上，我们就投宿在一栋老宅里。庭院深深，曲廊回转，赵焰执意要住在二楼的一间厢房里，那里面有一张雕花画梁的徽式老床，像个小房间。夜半时分，风携着秋雨不期而至，豆大的雨滴有节奏地敲打着黑色的方瓦，更衬出夜之深沉与寂静。大床的床板很硬，赵焰辗转侧翻。我们知道，他一定是又在为《思想徽州》长醒不眠吧。

期盼终于有了结果，《思想徽州》近日问世了。一如作者平日的低调作风，赵焰认为只是一本文化随笔而已。书海浩瀚，大约也泛不起几丝涟漪。的确，这几年来，写徽州的书太多了：大部头的丛书，小开本的游记；溯源、解读、记叙、考证、述略……林林总总，眼花缭乱，汗牛充栋。此书在出版前，我曾断断续续地读过其中的大部分篇章。也许我是个生于斯、长于斯的“徽州土著”，阅读时那种形而上或形而下的相通常使我愉悦不已，这种感觉在读叶显恩先生的《明清徽州农村社会与佃仆制》与王振中先生的《夕阳残照徽州梦》时也曾有过。前者是一本几十万字的学术专著，后者则是一篇类似文化散文的文章。它们的共同特点是把握住了徽州的某种内核、或者称之为“精、气、神”的东西。赵焰也是“该出手就出手”，一下子就铺陈出洋洋洒洒十几篇“徽文章”。从“最后的翰林”许承尧到“清明”的胡适；从《书院春秋》到《婺源随想》，挥笔便抖落诸多风雅，惯看秋月春风。

《思想徽州》对徽州的拿捏是相当准确的。作者在徽州的生活经历无疑使该书在感性的层面上显得亲切与平和。他幼年行走在曲折幽静的渔梁街,“自己清脆的足音就像啄木鸟在用尖喙撞击树干”。这声音,或许就开启了对徽州某种天问式的思考;仰望老屋“四水归堂”的天井里露出的那方蓝天,大概也能激发出关于这块土地的缕缕遐想……该书是对徽州文化的一次有选择的解读,赵焰对史料的摄取并无新颖之处,由于观点的独到,却又使全书流溢着一种“且听新翻杨柳枝”的气韵。我以为,《徽州人》是全书写得最有光彩的篇章。这方水土曾是避难离祸的世外桃源,多少高贵的种子撒落在此,斗转星移,长成了青山绿水间的寻常人家。他们聚族成村,耕读经商,诗书传家,形成了独特的人格与气质:外表谦和,骨子里却充满了倨傲和提防;低调处事,做的永远比说的多;入世很深,洞若观火,却没有玩乾坤于股掌之上的王者之气。竹山书院正壁有一副对联:“竹解心虚、学然后知不足;山由篑进、为则必要其成。”既无“唯楚有材,于斯为盛”的张扬与霸气,亦无“风声雨声读书声,声声入耳;家事国事天下事,事事关心”的胸襟与气魄,徽州人的人生境界大抵如此。没有了阔大的人生走向和终极关怀,内敛便成了保守,守拙就落为平庸,而节俭则滑向了吝啬。作者无不叹息地写道:后期的徽州人,很难有轻灵之气,既难产生超凡脱俗的陶渊明,也难产生愤世嫉俗的八大山人,整体变得实在而功利。这多少也印证了在当下徽州这块土地上,难见舞风弄潮的大贾巨商。徽州人是要走出去的,哪怕是“十三四岁,往外一丢”。走出大山,便是鲲鹏扬翼,长风鼓帆,成就一番事业。

尽管《思想徽州》文字轻灵、飘逸,但并没有减弱该书理性思考的深沉与厚重。无论是《历史的隐痛》对王直的评述,还是《何处是归园》对赛金花生前身后的论及,乃至《婺源随想》

中对一个小村落的观察，无不烁闪着作者潜心思考的光芒。这种思考是独立的、自我的、深入的，而非人云亦云的随波逐流。有了这种坚守，因而也就有了扬弃与反省的力度。这一可贵之处，在《徽商之路》里表现得尤为明显。“成也好儒、败也好儒”，当价值观和理念已经承载不了财富的积累，缺乏坚定的内心力量和坚定的商业人格，逃避和退让就成了必然的选择。徽商大把大把的银子，没有催生蒸汽机、光与电，却衍化为青山绿水间的牌坊祠堂、古居楼阁；精美的砖雕、木雕、石雕；泛黄的族谱、典籍、字画。那些盛极一时的徽商们就这样慢慢黯淡了。他们如流星一般，在天宇上划过一道道闪亮的痕迹，然后就一切归于沉寂。“吃在杭州、玩在苏州、死在徽州”，安静的徽州就像是一个巨大的坟场，埋葬着无数归根的幽灵。尽管已是热风拂拂的初夏，读到这些文字，我和作者一样，透彻着一种入骨的悲凉。

许若齐

智者对乡土文脉的独特感悟

在迎候猪年的岁末年首，偷一时之闲，我读了安徽籍作家赵焰先生的大作《思想徽州》，启发我随之也有了一些“思想”，并把所思所想落到笔端，想把这本好书介绍给读者。

徽州作为皖地名胜，最近暴得大名，作家们也看得眼热，跑得多，当然写得也多，接连出了不少有关徽州的文化散文著作。尽管同类书有不少，但我仍要为这一本鼓呼、吆喝，因为它有其独珍之秘、独到之处，值得推荐。从文风来看，《思想徽州》的写法酷似文化名人余秋雨的成名作《文化苦旅》，笔调洒脱，文字清丽，引人深思。不过在这相似的表面之下也有内里的不同。余先生是文化苦旅的行者，在一处不会久留，而赵先生是徽州的乡里土著，长年累月在这里盘桓品味，论感受就自有其浓烈浑厚之处。按赵先生的说法，他常常是从“后门”经游人罕至的僻径进徽州的，这种近便就不是我等由导游带着进徽州的看客所敢企求的。按照这种入门方式，书中既写了为游人熟悉的西递、宏村，也写了为外人几乎无所闻的唐模、塔川等地，甚至还有作者的外婆家慈姑。作者以为，用这种方式更容易见到徽州的“摇曳多姿，满地金辉”。

古人曾说，佳地兴会游历实际是看人更胜于看景。这也正是《思想徽州》写作上的佳胜之处。书中把徽州人物写得传神活脱，生长在绩溪上庄的胡适性情清明富有理性，个性中庸而又平和。作者慨叹：这样一位东西方文化的集大成者竟是从一个狭小闭塞的小山村中走出去的。这也更让我们感受到徽州山水风情的不凡魅力所在。徽州还出过有“人民教育家”尊号的陶行知。谈到徽州人物绝不能遗漏曾给这里带来繁盛的徽商。书中写了曾盛极一时的徽商，他们富甲天下，崇尚文化，“贾而好儒”，但后来却如同掠过天空的雁群，渐行渐远，在专制和战乱的双重压迫下归于灭寂。此外，作者写人不为乡里讳，还写了一些当地特殊的尴尬人杰，有在明朝去海外经商被当作倭寇处死的王直，也有出身贱业据说曾阻止过八国联军屠城的赛金花。

此书还有一处值得赞许的地方，是作者在真正地用心感悟徽州、思想徽州。最近的徽州热有太多臆想的水分，有太多杜撰的粉饰。而作者作为生于斯、长于斯的徽州子民，无数次从“后门”进入徽地的内核，又有学理的利器用于诠释，自然就有较多的独得之见。这类思想的火花在书中星星点点，随处可见。谨摘引一两段，以见一斑：“徽州文化从根本上来说是儒的。那是一种积极入世的精神，执著而实在，低调而倔强。那种对于仕途的追求，对于成功的追求，以及为人处世的道德感和人情世故的平衡感，都可以说是这种文化的体现。”在评价徽州历史上的众多书院时，作者称：“书院是一种气象，也是一种气场。书院给徽州带来的不仅仅的人才，更重要的它也在为这个地方积淀着底气，为这个地方培养着一种人格力量，形成宁静畅达的地域灵魂。”因而，这本书是名副其实的“思想徽州”，值得读者开卷一览。

陈仲丹

一个人的徽州

因为小林，和《思想徽州》不期而遇，也曾去过徽州。不过，是跟着一车人，一路说说笑笑地去旅游。青山绿水，粉墙黛瓦，还有人，都像晴好天气中，天空中的云，淡飘飘地从眼前掠过，不落痕迹。如同作者在开篇中的叹息：在浮躁和虚荣中，见不到真正的徽州精神，也见不到真正的徽州。徽州就是在不断飞扬的尘土中慢慢变得越来越模糊。

真正的徽州该是什么样的？还有徽州精神又是什么呢。

这本书的作者赵焰，生在徽州，长在徽州。后来，又离开了生他养他的徽州。一个人和自己的故乡，永远血脉相连，打断骨头连着筋。隔着岁月的喧嚣，再一次次地走进徽州，心里的感受，是落在文字之外的：坐对敬山亭，相看两不忘。

相望。

他看到的是徽州过去的过去——历史。而历史，一如王小波的感慨：历史这种东西，可不是想有就能有的呢。

徽州是一个有着厚重历史的地方。牌坊、书院、祠堂，乃至颓垣碎瓦、古旧老宅屋里屋外的精细木雕，每一个细小的角落，都隐藏着无数人与人的故事，俯拾即是。这便是历史。历史是由人堆集而成的，英雄和奸雄，人中之龙，人中之虫，还有最普通不过的平民百姓，比如那些压在贞节牌坊下的女人。

思想徽州虽然是从古旧的老房子开始，但却以贴切的理解，像作者自己所说的那样——从“后门”进入徽州，用一种“后门”突入的方式，一下子直指徽州的内核。那内核便是——人和人文思想。

比如，宏村的汪定贵、西递的胡贯三。两个人都是富商。

汪定贵在宏村建造了“承志堂”，一座完全由财富堆积而成的房舍，占地2100平方米，建筑面积3000平方米，其设施之完备，令人瞠目结舌，不但有花园、鱼塘厅，还有打麻将的“排山阁”，乃至抽鸦片的“吞云厅”。屋内随处都是异常精细的木雕，镀金饰银。据说当年汪定贵在造这座房舍时，仅用于木雕表层的饰金，即费去黄金百余两。作者从这位积累了巨大财富，又花了很多钱捐了一个五品官的汪定贵身上看到的不是隐没于山水村落的淡泊，而是对功名的欲望与追逐，还有财富的腐烂。在徽州有很多的汪定贵，他们把无数的财富都用于细得不能再细、考究得不能再考究的木雕、石雕、砖雕上，用于别出心裁的暗藏与自恋上，用于诗词的排遣以及麻将大烟上。而与此同时，在地球的另一边，用财富打造的却是威猛的战船，航行在太平洋大西洋上，势不可挡。在重重叠叠的群山中的徽州是看不到海的，徽州乃至我们的民族就这样与世界渐行渐远。西递的胡贯三，比汪定贵更富有，曾经营有36家典当行和20余家钱庄，资产折白银500余万两，财产居于清道光年间江南巨富第六位，并与朝中宰相同为徽州人的曹振镛结为儿女亲家。有一年曹要来西递走亲戚，他为此在村口大兴土木，修建了壮观的“走马楼”和“迪吉堂”。作者伫立于已经在风雨中颓败的“走马楼”与“迪吉堂”前，看到的不仅仅是财富的炫耀，更是官商勾结，还有那个时代，金钱在权力面前的自卑。

然而，徽州人到底是怎样的？徽州精神又是什么？徽州人和徽州的地理位置一样，有其局限：朴素、简单、早熟而又自满自得，封闭狭隘。徽州人是理性务实的，有一种积极的入世精神，追求仕途，追求成功，追求财富，为人精明，工于算计，人生的负重较多。还有呢，便是深埋在进取心之下的与山水共融的愿望。在作者看来，徽州人的精神并不是一种真正的远行，而是在向前走过段路程之后，便不由自主地画了一个小圆，然后就自以为圆融了，像是化蝶为蛹。徽州精神没有鹰的沉静，却有着青山绿水中蝴蝶的安详。

尽管徽州人从普遍意义上缺少“敢为天下先”的性格，但在绝少部分人身上，却暗藏着执拗而固执的性格，表面平和内心坚定地走自己的路，比如胡适。胡适的家乡在绩溪上庄，一个狭小闭塞的小村庄，他的童年就是在那里度过的。他内心深处最本质的东西，是与徽州息息相关的，譬如：清明和理性，中庸而平和。可是，他却摒弃了狭隘与自闭，成为东西方文化的集大成者。除了胡适，还有比他更久远的朱熹、戴震等。作者沿着他所熟悉的“地方心灵”，一路缓缓而叙，当然，除了胡适、胡雪岩等人中之龙、人中之杰，还有像赛金花那样莫衷一是、正反不一的人物，乃至民间传说中的人物“烂肚宝”。笔下的景与物，总是和人分不开的，而人呢，自然是离不开文化内涵、思想观念，两者环环相扣，丝丝相连，让我们看到人心深处的一脉相承与变化。好看的读物必是和人分不开的，人最关心最注重的还人的自身。

这是一本很有灵性的读物，装帧精致，内文中的图片亦很精美。文字呢，飘逸感性；思考与感受却很个人化，是从个人独特的视角来写的，而我们则常常是从最个人化的思考与感受中得到启迪。

沈小兰

报人·学者·作家

当我在 10 月 22 日《安徽商报》上读到乡友赵焰先生撰写的《诗山的寂寞》一文时，我感到十分钦佩，他用那生花的妙笔，清新的文风，严谨的结构，引经据典，娓娓动听地向人们讲述着我俩故乡皖南的那座名山——敬亭山。他说“这座青翠的山峦是那样幽远安详，她的宁静和惬意，在每一株花草树木中都有体现。”他还讲“敬亭山不高高在上，也不盛气凌人，她家常而秀丽，平静而谦和，一看，就让人感到亲近。”他为在昔日被整治得恶俗无比的敬亭山曾风趣而又深邃地感叹道“但山峦从整体上来说是清静幽雅的，她的总体气质，尚未侵犯得到，就像一个天生丽质的女孩，虽然生在一个俗不可耐的家庭，但那种清新和美丽，却是改变不了的。”对敬亭山他又诗意地赞赏：树木清新，百鸟啁啾，山花烂漫，她“永远是淡定的，尽管吟诵她的诗词多如春天的繁花，但她从不为自己的容颜沾沾自喜，也不为世事的盛衰兴亡感伤啜泣。”读后却令我汗颜。我生长在那里，吃过那里的野果，喝过那里的山泉，后来我还曾工作在那里，泥泞的小道上有我的脚印，密林花丛中有我的身影。但，时下我也舞文弄墨，可我从没有能耐为她写点文章和画点图画来赞颂她和向人们推荐她。想来还是因我才疏学浅。看到赵焰先生这篇洋洋洒洒的大作，再看看他近年来签题赐我的大著，我感到这代人的思想是新的，思维是敏捷的，写作是勤奋的。他们能在中华优秀的传统文化里走进走出，又能在先进文化中自由自在地荡漾，是那么潇洒而又自信地写出诸多有力度的文章来。

比如赵焰先生在 2006 年 6 月出版的《思想徽州》和 2007

年8月出版的《千年徽州梦》到2010年8月出版的《在淮河边上讲中国历史》，这3本书共近50万言。《思想徽州》与《千年徽州梦》可以说是他对家乡的礼赞，也是对徽文化全方位的关照与梳理。这块具有地域特色的优秀文明孕育了他，给了他诸多的灵感和启迪，使得他能从自己的生命体验出发，用感性、用才智、用妙语生动的描述那里巍峨的崇山峻岭，明净的溪流长河，有名的山和寺庙，整洁的黛瓦粉墙；畅谈那里的曾发生过的事和诞生出的精英人物，如红顶商人胡雪岩，思想、学问大家朱熹、戴震，唯有被马克思在巨著《资本论》中提及过的清代官员王茂荫，近代新文化的领军人物胡适以及知名的教育家陶行知等等。在这无比厚重的历史文化中，赵焰先生用娴熟的文化散文的手法，深刻地反思了徽州的辉煌一梦，也表达了他如何审视社会、文化及人生时所产生的痛苦忧虑和美好祈愿。可贵的是他在书中在谈及精英人物时从不讳言，如他说“朱熹的确是晦涩难懂的”，“戴震明显是科举的一个失意者”，等等。再拜读他的《在淮河边上讲中国历史》这部书时，我感到他是被一个学者的责任心所驱使下“决定要写一写淮河了——毕竟，这是身边的历史，也是中华文明进程中很重要的一个章节。”他承认自己“对于淮河，一开始，我是陌生的。陌生，首先来自对这边土地细节的陌生”，于是，“开始了在这片土地上的寻找和发现。这样的经历，跟我对徽州文化所下的工夫一样”，“开始频繁地跨越淮河，行走在淮河两岸”。湍流不息的淮河水，不仅是一道诱人的风景线，她更是江淮大地上一条内涵极其丰厚的河流。

赵焰先生在他那极其敏锐的目光引导下，采用轻松愉悦的笔调，诗化的言辞，给人们讲述他所寻觅来的与淮河有关的人和事。如妇孺皆知的大禹治水和庄周梦蝶的传说，闻名于世的《道德经》及其老子的故事，还有那精武善文的一代枭雄魏王曹操和被后人神化了的名医华佗的传奇，等等。赵焰先生不光叙述了这些传说和故事，他还将这些章节冠以了非常迷人的名目，如《千年徽州梦》6 章标题分别是："如梦：春花秋月"、"如幻：阴晴圆缺"、"如泡：阴历阳历"、"如影：八千里路"、"如雾：遍地风流"、"如电：镜花水月"。再看写淮河的这本，他则用走淮河、明与暗、名与实、道与德、水与人、情与利、暴与乱、爱与怨、幻与变、诗与剑、药与酒、狂与狷、儒与道、歌与城、灵与爱、石与鬼等。这种章节名目看似简单，实为明洁地概括了它所要讲述的缤纷五彩的内容，如诗如歌般沁入心扉，令人向往，去跟着赵焰先生一道游走于那富有深厚的文化底蕴的皖南和淮河两岸吧，从中定会得到心灵上的震撼和净化。他用自己掌握的美学思想所赋予文学的艺术美情趣，让读者为享受这种美去追读其书本中的那些美妙、隽永、警世的篇章。我以为这就是他所著的书深藏的魅力所在。我订阅上海《文汇读书周报》10 多年，很看重头版上的"每周一书"推荐新书这个专栏，因为这里推荐的新书，大都属高品位、高质量的。赵焰先生的著作曾出现在这个专栏，被推荐。无疑，是他的著作为该报所关注和认可。

我从内心钦佩赵焰先生聪颖的才华，扎实的功力，勤奋的坚持，不息的笔耕，这些品质致使他近年来著述颇丰，实为令人感叹、羡慕和赞赏。在我的"不闲居"内就存放有他签题赠我的书，除上述 3 本外，还有 1999 年 4 月由作家出版社出版的《与眼镜蛇同行》、2004 年 7 月由人民日报出版社出版的《萤火闪烁》、2007 年 11 月由广西师范大学出版社出版的《晚清有个李鸿章》等。另外，他还出版有《平凡与诗意》、《男人四十就变鬼》、《行走新安江》、《晚清有个曾国藩》、《晚清有个袁世凯》等十多部著作，再则他还是中央电视台拍摄的 20 集大型专题片《徽州文化》的总撰稿。我之所以罗列他著作清单，不是为他请功邀奖，而是想说一个供职在报社，又承担一份报纸的副总编辑，其编务工作要有极其负责和极其认真的严谨工作态度，而赵焰先生不仅在工作上完成得很好，还积极主动地参与报社为培养和组织本报的热爱文学创作的年轻编辑、记者，加强业务学习，潜心文学创作，为打造《安徽商报》的名编辑、名记者和报社自身的好作者，建设起一支年富力强、精诚协作的人才队伍而努力，为他们搭建展示才华的平台，编辑出版《安徽商报·安徽作家方阵》丛书。集报人、学者和作家于一身，而互不干扰，各有千秋，何为至此，赵焰先生对自己的文学创作曾说过这么一番话，值得品评，他说："我一直不算是文学圈里的人，我只是对文学一直抱有很大的梦想，也喜欢文学这种创造、深入，并且不墨守成规的方式。可以说，在文学中，我找到了一种最佳的生活方式。从总体上说，我喜欢的就是目前这种与文学若即若离的关系。"好个"若即若离"，这不正说明他聪明而又巧妙地，正确地处理好工作与文学创作之间的关系吗？

赵焰先生属60后人，长相儒雅，飘逸，谈话坦诚，率真，为人谦逊，稳重，待人热情，端庄。给人一种学者型的文化人印象。我多次去拜访他，他总是一如既往停下手中活来热情地接待我。其间如有人来商谈工作，他总是和颜悦色地与对方真诚地阐述自己的意见，让来者高兴而来，满意而去。有天我目睹了某单位为报纸上某篇文章涉及和触动了他们单位，怒气冲冲而来，竟被他不急不躁地说服和解释得无言而对，悻然离去。特别是我还发觉他对报社内20世纪50年代前的老同志怀着敬意的相待，与时下的70后或80后的年轻人，朋友式相处得都很好，这就体现了他的修养和品德。我觉得他治学从不自囿范围，书肚子宽，而且凡所攻治，均有建树。除此他还机智地为自己营造了一个优越的环境，正因为有了这样一个好环境，对于他这样一个业余坚持文学创作的人来讲，是定会创造出卓越的成就的。我真诚地期盼和祝福他！我年痴长他20，他尚年轻，只要他持之以恒地保持下去，锲而不舍，前程会更加辉煌，著述会更加丰硕。我对这位年轻的乡友——赵焰先生，深信不疑并衷心的祝福！

韦君琳

在写作中寻找最佳生存方式

一个人以何种方式活着，大概既取决于他的性情和后天努力，又决定于他的先天宿命，总之，既不会偶然过着教授的人生，也绝不会莫名其妙地沦落为乞丐。赵焰由一名教师、一个机关小公务员，蜕变成一名报人、一个有相当知名度的作家，如果离开了勤奋和坚持，是绝对不可能的，但对于文字的亲近和依赖，那种几乎与生俱来的习性，又绝不可忽视。

谁如果读过《平凡与诗意》，对赵焰大体上会有一些了解。他生长于皖南山区小城旌德，在那里度过了与乡村孩子几乎无异的童年时光。身材颀长，头颅狭小，名字听起来比较女性。也许因为有一个富于童心、会说故事的父亲，文章种子老早地种在了他幼小的心里。因此，从小爱读书，大学读文科，学生时代写诗写小说，后来做教师、当公务员、做编辑，最后“一不小心成学者”，走的就是这样一条“文人道路”。

赵焰的祖籍在“江北”。因为爸爸中专毕业后分配到旌德，所以他也只好出生在旌德了。他的妈妈是徽州歙县人，所以他又总以“半个徽州人”自居。

旌德是被群山环抱着的小县，这样的小县我在广西资源，大别山的岳西等地都曾见到过。小是小了点，却有一种别样的神韵在。县城坐落在一个山坡上，一条落差很大的徽水河穿城而过，搅得一个闭塞苦闷的山城，时而有些灵动起来。我猜，赵焰最初写小说，大概正得益于这种既闭塞苦闷，又欢快灵动的环境。而且他的性格似乎也具备了这种既安宁又奔突的特征。所以，一会儿写小说，一会儿写散文，甚或还写诗。

在旌德的时间并不很长，不久赵焰就调到地区所在的屯溪去了。又不久，竟又调到宣城。这种时空和角色转换，对一个写作者来说，是十分必要的。他自己也很清楚地意识到这一点。所以，即使后来到了合肥，待了几年后，一度还曾想换地方。但这是后话。在宣城做小公务员的两年，一点写作“才华”几乎全部用来对付那些没完没了的公文，苦闷是难免的。好在这种苦差事很短，不久又调入了安徽日报宣城记者站。

从严格意义上说，新闻写作算不上创作。但是新闻记者比起机关干部来，却不知多了多少自由。特别是驻站记者，远离总部，没有严格的上下班考核，也不必忍受几个人同一间办公室的嘈杂，想做什么就做什么，想怎么做就怎么做。这种角色转换，对他来说，差不多是一次新生。但是，如果没有相当的定力，也未必能驾驭这种自由。好在他是具有这种定力的人。读书、写作、行走，他把驻站记者这种职业创造的宽广自由度，充分运用到提高修养、改善生存质量上去，在当年谢朓、李白、杜牧多所眷顾的这座江南小城，过得优哉游哉，不亦乐乎。

“在宣城期间，我最大的收获，就是读了很多书，看了很多电影，对于传统文化、西方文化以及宗教都有较深入的钻研，并且，很多东西都‘打通’了。这一段时间的读书和思考，正好又是在我世界观和思想形成的关键阶段。现在回想起来，在敬亭山下的‘养气’，对我是大有裨益的。”

2000年，因为报社要创办一张新报纸，他被调回省城合肥。因为是一张全新的都市报，没日没夜地忙了两三年，之后才又开始大量地写起文章来。那段时间，他俨然一个职业文人的状态，从电影随笔，到吃喝玩乐，从谈足球到谈徽商，不仅在自己的报纸写，也在全国各地的媒体开设专栏。“文名”也就这样慢慢铸就了。

“散文写久了，会将人掏空。”这是他说过的话。他老父还曾悄悄告诉我，儿子反对他当街与别人大声拉家常。由此，可见他这个人是很讲究一些韬略，胸中也很有一点“丘壑”的。所以，在写过一些诉说自己的经历、情感、生活状态的散文后，索性搞起了文化研究，一不小心走到学者的路子上去了。

2004 年，他在所供职的安徽商报策划《重走徽商之路》活动，借机把笔触伸向了徽州，也由此开辟文字的“蹊径”。2006 年，他将陆续写成的一组徽州文化散文，取名《思想徽州》交由东方出版社出版。这和此前出版的《夜兰花》（电影随笔集）、《男人四十就变鬼》（小品文集），无论在内容还是写作手法上，都发生了很大变化。差不多可以这么看，先前那些文章是自我的，后者则是社会的；前面那些属于“雕虫小技”，后面的则可称为“宏大叙事”。《思想徽州》出版后，产生广泛的影响，有专家誉为“写徽州最好的文章”。

无论你了解不了解、承认不承认，徽州都是一本大书，一块文化富矿。徽学成为 21 世纪的显学之一，其道理就在此。作为半个徽州人，赵焰希望在越来越热的徽学研究浪潮中，发表自己的思考和看法，并由此开辟一条“文字新出路”。鉴于《思想徽州》良好的社会反响和销售业绩，上海的东方出版中心也向他发出稿约，要他从文化的角度，全景式地描写徽州。于是，又有了“中华大散文系列”的《千年徽州梦》的诞生。在此之后，又一个偶然的机会，他参与到安徽电视台“行走新安江”活动。作为撰稿人，近半年行走下来，他又写出了一本《行走新安江》。这样，《思想徽州》、《千年徽州梦》、《行走新安江》，就构成了他个人的“徽州三部曲”。

“我出生在徽州，生长在徽州，能让自己写徽州的文章在全国广为流传，让人们关注徽州，的确是一件令我欣慰的事。”

“现在回顾自己的写作经历，奇怪的是，内心竟然波澜不惊,就像回忆自己何时开始抽烟,何时开始喝酒一样。不过,我的抽烟喝酒一直没有养成习惯,而写作,却不知不觉地养成习惯了。而且可以肯定的是,这习惯,将伴随自己终老了。”

在写作中慢慢老去,也算一种最浪漫的事吧。

书　同

赵焰其人其文

去年的时候，每每送大样去办公室改付，但见赵焰老师的电脑屏幕上晒稻谷一般密密麻麻铺满汉字，不看便知，又是在织“徽州锦绣”了。于是，赶紧把大样递上，不多废话，速速退出，以免打搅了思路。后来，陆陆续续接到读者电话，无非是——你们那个赵老师的“徽州”系列什么时候出书咧；要不，能否麻烦你帮我找找他以前的那几篇，或者复印也成……

去年，赵焰老师频繁出入徽州，是谓采气吧。然后，但见《秋雨西递》、《澄明婺源》、《清明胡适》等篇什蔓青抽苔一般茁茁冒出来。

五六年前，他就写过徽州，那一组山水系列，空灵、幽寂、感性，读者寻着笔迹，身心简直俱可飞扬，至今，那种特有的徽州穿堂风仍在低低吹拂。现在的这一组徽州系列迥然不同，较之以往，更加系统性、理性、从容，始终是沉潜状态的，更接近于朴素的表达，如风拂面，不落痕迹。这可能缘于气场的改变，人生历练、披沙拣金，一切华丽到临了都蜕掉，显出了它的本源。写作到后来，不就拼个准确的表达么？原本极简单的万物世理，是要付出时间方可懂得的。这并非每个写作者都可以从容达到的境界。

私下在办公室，我与同事张扬没事时就爱讲“赵老师”的闲话，百无禁忌。这个人乍看上去，是一个实足入世的人，可胸中何以埋伏如此纵深的文化丘壑？他的这一本“徽州”大多是在嘈杂的白天写下的，不闻窗外喧嚣琳琅，一下便入了定，把所有的心思沉下去。这一切均取决于一个人的定力与静气，以及巨大的心灵场，似乎有那么些禅师入道的气象了。赵老师的静气，人人都能看得出，用《散文》主编汪惠仁先生的话来说，他长得很干净。而定力则是一种内在的修为，不易让人甄别，最好的体现渠道就是他的文字。古人云：相由心声。相，是平面的，单一的；而心，则是纵横交错的，是立体交叉的，文人的心就得靠他的文字来绵延或诠释。

徽州文化传承悠远，而实在没有喧嚣繁华过，恰似一条河，于群山巍峨里始终静气流淌，不停地流动是它的禀赋，也是它的生命之源。一个人倘若生了去观照徽州的意图，必须具备一个强大的心灵场，方可驾驭得了。曾经，写徽州写得好的有上海的王振忠，他取的是“斜晖脉脉水悠悠”的姿势，是远远地站在局外，有时恰当地运用想象，这样着，虽立意高远，但似乎少了一些厚重的纵深感。而赵焰是不同的，自小侵染于古徽州文化，有了无形滋养，他取的是深入其中的沉潜姿势，如高空入水，一头砸下，连徽州涧底的卵石亦可触摸到，势必来得驾轻就熟些。甚至，连徽州普通人家里那种深层次的大宁静也能捕捉到，这非走马观花的行吟作家所能体察到的。在赵焰的笔下，那种徽州精神正一点点地浮现着，它们被荡涤，被理清，一步步朝清明的方向而去。说白了，徽州之后的背景，也正是中国的大文化缩影。

个人特别偏爱《清明胡适》篇，最能体现赵焰文笔清明和理性的优点。文字写到理性的层面，便骨感乍现了，是所谓——立起来了，婉扬里潜伏着骨质峥峥的风度，再以胸襟与见识打底，不免令人想到唐诗里的亦醉亦醒。

真正的才子文章，人人看得懂，不雾数，深入浅出，是素面相见，是雨过牡丹日出桃花，是五谷撒地蓬门泼水，既庄严端肃，也佻达蕴藉，予人是刹那的惊醒。总之，赵焰的文章看得人比较称心，是“春草生”、“茜裙新”的崭新扑面。用同事小陶的话讲：赵老师的文章人人看得懂。写文章怕就怕有着太多的千思万想，最后连带着把自己绕进去。说点通俗的，写文章也是个体力活，高手擅用巧劲，时时力拨千斤；最坏的，莫过于弄得五内出血，淤伤遍野郁郁而终。

一个朋友曾经连看几遍央视纪录片《徽州文化》，后来又跑到书店把那一堆碟抱回来，简直迷死。几年后，方知晓这万言解说词出自赵焰之手。最近几天，我也在看收在书末的《徽州》解说词，瓷实得紧——文字一旦与影像联姻，手里便不可拿斧头了，更不能讲求曲与隐，但，一步退得太大，搞不好就流于贫乏大路，味如嚼蜡，可是，依旧滋滋有余味地说。若说前面的"徽州系列"属于小众趣味的话，那么，后者便是大众的，这也印证了小陶的断言：赵老师的文章人人看得懂。

小众是一种品格，为知识分子所推崇，有那么点高处不胜寒之意，也是俚俗之人眼里的高雅不可攀登，更是所有目标读者的统称。而一个人的行文造境，既能小众，又可大众，就不简单了。也正如赵焰其人，既入世又出世。许若齐老师每每在饭桌上都要扬言把赵焰其人送至空山出家。许老师隔着人群遥遥地指着道：你60岁肯定出家，我买不起寺房送你，一件袈裟还是送得起的。然后，满屋哄堂，酒酣意畅，大家施施然各自散去。散去，也就散去了，唯有赵焰老师回家琢磨他的"徽州锦绣"去了。

而最好的为人之境，莫过于此——过俗世人生，作锦绣文章。

钱红丽

赵焰:在入世中出世

同事家中有本名为《男人四十就变鬼》的书,大致浏览后便一直以为作者应该是一位穿长衫的长者,后来才知道叫赵焰的这个人是一个“看千张碟读万卷书”、穿牛仔裤的中年男子。后来在拜读了他的另本《思想徽州》后更加诧异,他的笔下有着对白墙灰瓦飞檐的徽州风光的清唱,有着对徽州历史的绵绵追寻,有着对徽州名人的鲜活描摹,更有着对徽州文化的深思,像这样一个整天俗事缠身的新闻人,胸中何以埋伏如此纵深的文化丘壑?

赵焰曾经把他同时期写成的两本书《夜兰花》与《浮生日记》称为:《夜兰花》是给女人读的,《浮生日记》是给男人读的。而看赵焰的博客日记似乎也是中西融通的闲庭信步,有着清风明月似的自在从容,人生大智慧该不该是时尚的真正源头呢?

每每在饭桌上同事都要扬言把赵焰其人送至空山出家:你 60 岁肯定出家,我买不起寺房送你,一件袈裟还是送得起的。然后,满屋哄堂,酒酣意畅,大家施施然各自散去。散去,也就散去了,唯有赵焰回家琢磨他的“徽州锦绣”去了。

“读书给了我第三只眼”

小时候,赵焰的父亲一直在文化馆、图书馆工作,这使得他相对来说比较幸运,读书的机会多,读的书也相对比同龄人多。小学时,他就读了《说岳全传》、《水浒》、《三国演义》、《红楼梦》等。到了高中后，中国一般古典文学作品，他都看过了。外国的文学作品，如《复活》、《红与黑》等也基本上读了。大学时要求读的很多书，别人还没读，赵焰也都读过了。

“现在看来，当时对这些名著的理解是有相当差距的。主要是没有明白渗透在这引起书中的精神范畴的东西，只是对一些故事和情节感兴趣。”所以，赵焰现在常常“回读”。读书这么多年，在转了一大圈子后，他发现，那些经典作品当中，蕴涵着很深的东西，真是博大精深，它不是表象的，是经得起时间推敲的，它的内核有着人类永恒的意义。

30 岁左右，赵焰又开始读《论语》、《易经》、《史记》等中国传统文化方面的书籍，也读了不少中医学书籍。因为，对他们这一代人来说，有很多东西，曾经与历史是割断的。“我那时就想，到底真理是不是暗藏在这些被否定的东西里面呢？我想找一找。”现在看来，这样的举动，也算是一种“寻根”吧。

读了很多中国传统文化方面的书后，赵焰感到，中国文化对于很多问题似乎没有西方谈得透，中国人的思维里缺少“钻牛角尖”的东西，缺乏更进一步的思考和相对深刻的认识。于是从 1997 年开始，他又读了大量关于西方文化的一些东西，比如法律、宗教、心理学等方面的书，看什么样的书，是没有界限的了。

在大量阅读的前提下，可以说，对于人类思想的脉络，慢慢地就变得清晰了。就开始有了自己的关于世界文明史的一种坐标系。比如说，看待一本书，它对人类的思想挖掘有多深，多宽，赵焰很快就能在坐标系里找到它的位置。读书让他明白了人类文明史的“地形图”，比如说人类文明的最高点在哪里，最低点在哪里，赵焰都有自己的理解。这种感觉就像了解地球的表面高度、地层深度一样，对地球，便有了一个总体上的了解。

"读书，最要紧的是明白。读书一般都会有一个过程的，往往都是胡乱地读一气，知识相互积压，也相互打架，找不到一个'通点'。但读到一定的程度后，可能会突遇一个机缘，然后，'通点'打开了，这时候就会变得通体透亮，就会看得一清二楚。原来沉闷的、死气的东西，都活了。它们活了，我也活了，像一条鱼，在知识的海洋里游动。"

"电影让我看到了形形色色的人生"

生活中的赵焰是个十分洒脱的人，他可以在《安徽商报》开设的"五味芬芳"专栏里绘声绘色、别有情趣的谈论饮食；可以在"世界杯"期间充当《中安在线》世界杯博客的特约写手，写自己的心情故事；甚至会推掉无谓的应酬，躲在家里欣赏刚刚租回来的大片，然后写写评论。

"'读书'其实不是简单的读'书'，生活中一切美好的事务都应该是我们'阅读'的内容。"其实，他把饮食、足球、电影当成了一种生活态度和处世哲学，是当做情趣和文化来写的，尤其是电影，"让我看到了形形色色的人生"。

"很多电影是有巨大震撼力的，它让人肃然起敬，让人沉思瞑然，因为它涉及的是人类最根本的问题，就像一把刀，在人类心尖上深深地扎进去。这样的导演已不是单纯意义上的娱乐制作者，他已成为一个思想家，一个思考着人类过去、现在以及未来的一个哲人。当电影的意义已上升到以它相对完美的艺术形式全力表现人类生存的巨大主题时，这时候的电影让人敬畏无比，我觉得导演就像是上帝一样，他在创造着场景，创造着主角和配角，然后安排着他们的生活，平静地目睹着他们痛苦，目睹他们走向死亡和毁灭……"

读书，给了赵焰思考；而电影以直观的影像、多变的方式，冲击人的视觉，直接锻打着他的思想。“电影把人性的边边拐拐都展示出来了，把人性赤裸裸地撕给人看。打个比喻说吧，有时我感觉自己与电影的关系就像是我站在一种大河边，不断地看着水里有船驶过，每一艘船都上演着一出人生故事，然后船就开走了。”电影，让赵焰看到了形形色色的人生，也明白了形形色色的人生。“我喜欢那种富有诗意和生趣的电影，像《阿甘正传》等。从本质上说，我喜欢人活得健康而快乐。”

所以，赵焰的一个朋友给他写信说：你不完全是活在自己的世界里，还活在别人的世界里，活在那么多人的世界里。“真是这样的，电影让我明白了很多，让我明白了人类。”

“人类需要有反省精神”

作家莫言在赵焰的作品序言里说他是个“圆融”的人，对此，赵焰的解释是，人的认识到了一定层次，就会见怪不怪了，比较平和了，当然能用一种比较明朗以及宽容的心态去看待世界。

赵焰曾经有3年左右的时间整天思考着死亡问题，他拼命地寻找着生命的真谛，读了大量“旁门左道”和宗教方面的书，但都没有得到解答。但后来，他终于还是明白了，觉得死亡并不是个问题，它就是存在在那里，与生命合二为一的一个东西。“现在看来这个问题是那样简单，但那时我确实兜了个老大的圈子。真是‘笨’得要命。人生就像一个圆，终点往往就是起点，但起点与终点又有本质的不同。所以佛教说‘觉悟有情’，就应该这样，对生活要充满达观态度，要重视过程。人是需要一些东西维系的，尊重生命是底限，突破了这个底限，也许就会彻底崩溃。”

对于生与死豁然开朗后，赵焰仍然坚持着对人生的反省，在他看来，人类是需要有反省精神、反省自己以及人类走过的路，它包括错误、光荣、耻辱等。只有反省，才会让人类变得健康和宽容，并且能正确地对待未来。“像托尔斯泰，他可以说是上帝派来的对于人类自身进行反省的一个集中代表。他关心的东西可以说不是某个时代或者某些事件，而是整个人类的过去、现在和将来。我们就是要学习托尔斯泰的这种对于人类灵魂的根本拷问。”

正如“一个读者有一千个莎士比亚”一样，对于读书，赵焰也有着自己的认识，他始终认为，书与人最好的关系就是如冬虫夏草一样，人是草籽，书是虫，人先是一头扎进去，然后就在虫里长出草来，最后二者合二为一。赵焰笑称，“这样的状态，是可以滋阴壮阳的。”

高　升

文化徽州的史与思

一

徽州，曾经是安徽南部的一个地区，在建国以后的国内政治和经济版图中，它基本上是长期默默无闻。直到二十世纪七十年代末，因为中国改革开放的总设计师邓小平亲临黄山，高瞻远瞩地提出了“把黄山的牌子打出去”的口号，昔日的徽州迅速掀起了以黄山为中心的旅游开发和建设热潮，整个徽州地区也改名为黄山市，现在这里已成为吸引国内外众多游客的旅游目的地之一。

值得人们注意的是，当“徽州”的名称因“黄山”的兴起而离我们渐渐远去时，学术界和文化界却在这片土地上不断挖掘出往日的辉煌，那就是越过近一二百年的衰落和沉寂，回到明清之时的中国古代，这里却是异常的富庶和繁华。由徽商带动的整个徽州社会，无论经济和文化都堪称国内的翘楚。村落、建筑、祠堂、书院还有艺术、教育、学术、医学等等，都在国内占有重要的地位。真是所谓“不看不知道，一看吓一跳”，古代徽州的文化竟是如此的灿烂与博大。徽州，一个为了当代经济发展而连名称都需要更改的地方，却在同样名称之下的古代出现过经济和文化上的壮观。

于是，从二十世纪八九十年代开始，这里不仅以黄山风光招徕了国内外的众多游人，同时又以徽州文化吸引了不少的学者、专家以及历史文化的爱好者，有关徽州历史文化的研究渐渐成为国内史学和文化学研究领域的热点。其时,国内文化散文的创作也方兴未艾,徽州也因此成为诸多作家关注的素材,涌现了像王振忠、赵焰这样的有影响的学者型文化散文作家。

赵焰早先以一本《思想徽州》在徽州文化研究界和散文界引起人们的关注,在获得好评之后,又陆续推出了《千年徽州梦》、《行走新安江》、《老徽州》、《徽州老建筑》等散文著作。这些年,他的《晚晴有个李鸿章》、《晚晴有个曾国藩》和《晚晴有个袁世凯》,在读者中产生较大影响,虽然这些书不属于徽州文化的范畴,但赵焰的写作生涯起步于徽州文化,可以说正是对徽州文化思考和创作的拓展和延伸,才有这些新的收获。

赵焰是安徽旌德人,以前曾属于徽州地区,而他外婆家在歙县,从小经常在歙县生活,大学毕业后,他还曾在徽州工作多年,应当说,他是在地地道道徽州文化的耳濡目染中长大的。正是这一点,才使得他始终情系徽州,“徽州的光与影便悄无声息地潜入我的身体,洇开,变成我生命中不可或缺的一部分”这样我们至少可以肯定他不是一个徽州文化的局外之人,这将使他对徽州文化的意见再怎么尖锐也不会被当做外来或旁观者的偏见,而赵焰的思考又是那么充满文化批判精神,显然区别于众多的不识或未识庐山真面的局内之人,这就使他的徽州文化散文在铺天盖地的同类作品中显得十分特别。正如他自己在《徽州梦忆》中所说的:“现在很多对于徽州的理解似乎有意无意地陷入了一个误区——我们把一些过去的东西想象得过于美好,在肯定它历史价值和审美价值的同时也高估了它的人文价值”,而赵焰的散文中对此显然有着清醒的认识。面对徽州的历史,他能站在当代文化的角度提出属于自己的思考,而一些今天人们普遍忽略又尚不清晰的问题,他至少能敏锐地提出来,让读者与他一同思考,正是这种面对徽州文化“史”的“思”成为他徽州文化散文创作的特色。

二

《思想徽州》是赵焰发表的第一部关于徽州文化的散文体著作，也是他迄今为止关于徽州最重要的一部著作，后来那些著作中的很多思考都起源于这部著作。该书以专题的形式。对徽州古代文化中比较有代表性、也就是成就比较突出方面的史实进行描述，这些与一般的同类著作并无不同，而所选取的话题也极为常见，无非是村落、书院、家族、商业和人物等等。但该书的独到之处在于作者面对史实，能以一种当代意识，再加上自我的生命体验，发出属于自己的认识和解读，许多见解不仅深刻犀利，而且不乏尖锐。在《秋雨西递》一章中，作者在描述了西递胡氏的由来及村庄的历史之后，从其素朴和安静的表面，感悟到一种内敛和压抑的气氛，体验出这里的人“骨子里，满是精巧的心思和算计”。接下来，作者以常常为人称道的西递民宅的对联为例，这些对联是当地人长期面对人生和社会的智慧与经验的凝聚，也被后来的徽州人视为文化的宝贝，但赵焰却从徽州人生存体验的角度进行深入的思考。赵焰认为，从表面来看，这些对联似乎显示了宽厚平和、清静忍让的社会态度，但进一步推断的是，显然有着对于人与人之间关系过度的思考。比如像：“世事让三分天宽地阔，心田存一点子种孙耕”、“忍片刻风平浪静，退一步海阔天空”、“事临头三思为妙，怒上心头忍最高”等等，这其中的精妙曾让许多人为之倾心，但内里却含有极强的犬儒成分，精通世故，防人如盗，这不是一种真正的道德教化，只是一种狭隘的方法论教育，是一种极坚固的庸俗社会学。赵焰的分析指明了西递村无论以前曾怎样繁荣，今后还会怎样闻名，它终究代表了一种人性在缺乏阳光的空间里挣扎的文明。究其实质，是“缺少出世的情怀，缺少济世的理想。一个人，一个村落，甚至一个国家，如果没有理想，没有情怀，即使再会算计，再会修身养性，智慧的庸常终有一天会变成真正的平庸”。这正是对后来的西递人乃至整个徽州人的严厉警示。老作家艾煊在他的徽州游记散文《桃花源里外》中，面对西递楹联也发表过类似的思考：“内容并非桃花源里豁达的人生哲学，多是传统和庸俗的人生体验。”而今天人们对这些楹联内容不加分析的盲目推崇，也只能归结于艾煊在该文中分析的：“近数十年来，在面对传统文化时，人们常处于恍恍惚惚、疯疯癫癫的精神状态。”这些，难道不值得我们深思吗？

徽州的老房子一直是令徽州人感到骄傲的文化遗存，在太多的有关徽州老房子的书籍文章中，我们读到的大都是它们在建筑设计上如何独到、在细部雕刻上如何精美、在材料使用上如何大方，这些当然也符合实际，但那些常常只是就房子论房子，而且也总是朝赞许的方向说。而自小就生活在这种老房子里的赵焰，却能直言道出自己的切身感受：“我一直不喜欢徽州的许多东西，比如，老房子阴森的氛围，硕大而压抑的祠堂。那样的建筑，无论是从建筑思想还是从实用价值上，都有着严重的缺陷。我甚至觉得，徽州古民居承载了太多的教条和传统，压抑了创造力，压抑了人性，也压抑了人们的生活，在此屋檐下生活的人们，个人的空间太小，他们的全部生命，都属于父母、家庭、宗族、伦理等层层叠叠的关系”。我们当然没必要把这些话当做徽州老房子的定论，我们需要的是作者观察和思考问题的角度，尤其在文学创作中，更需要这种出自作者个人独特生命体验的文字。徽州的老房子式样上确有自己的特点，实用上也考虑到消防、排水等因素，但采光实在不好、室内空间狭小，整体上显得内敛和封闭，这当然对人的心理和性格产生潜在的影响，即便对其推崇备至的人，今天也未必真还愿意住在里边，顶多在外观上搞一点模仿而已。但是太多的人总是愿意人云亦云，对其一味赞叹，这其中的原因值得玩味。

徽州是个出人物的地方，仅就学人来说，像朱熹、戴震、胡适，应当说都是中国文化史上的巨人，他们对中国思想史、文化史都有极大的贡献和影响。现在人们都很为他们出自徽州而感到骄傲，但他们身上到底有哪些品质值得我们继承和发扬却思考不多。就拿胡适而言，这样一个现代新文化运动的旗手竟然是从徽州这样狭小闭塞的小山村里走出去的，这其中到底有什么力量和缘分？而这些力量和缘分又与徽州这片土地有着怎样的联系？正是这样的问题成为促使赵焰思考的内容。在《思想徽州》中，作者同样交代了胡适小时在徽州的人生经历，可以说不比我们现在能看到的有关胡适的资料有更多的东西，但赵焰对此的思考却颇能给人启示。他写道："也许胡适性格中最本源的成分是来自徽州吧。是山清水秀的徽州，带给了清明的本质，也带给了他健康而明朗的内心。在这样的内心中，一切都清清朗朗，干干净净。这样清明的内心决定了胡适有着非常好的'智的直觉'，也使得他能够有一种简单而干净的方式去观察最复杂的事物，对万事万物的认识有着最直接的路径"，虽然这样的推测多少带有文学化的色彩，但毕竟实在和具体，尤其是以"清明"二字点出胡适性格的基本特征，显得非常恰当而精到，而这一点，也正是特别值得今天的人们学习的。

书中谈及人物的还有《何处是归园——关于赛金花》一章。赛金花是徽州历史上一个扑朔迷离的人物，她的籍贯和事迹至今都是云里雾里，有些是出于她自己的编排，有些是出于小说家言，再加上后来特殊背景下人们的发挥，已经使真实的赛金花成为一个谜了。不过，赵焰还是下了不小的功夫，搜集、比较、甄别了各种材料，得出了几点重要的结论。一是赛金花的祖籍在徽州，但既非现在建了“赛金花故居”的黟县，也非曾繁的《赛金花外传》中所引她自己说的休宁，而是歙县的雄村，即清代父子宰相曹文植、曹振镛的老家。二是赛金花在“庚子事件”所起的作用以及他和联军统帅瓦德西的关系，现在流传的说法基本靠不住，她当时充其量不过是一个替低下级军官拉拉皮条的老鸨而已，不可能与瓦德西十分接近乃至对瓦德西的决策产生影响。其实，辨明赛金花的相关史实固然重要，但更重要的还在于从中引发的思考，这就是赵焰接下来所说的：“赛金花持续走热，似乎与她本身的经历和作为并没有太大关系，而是隐藏着太多转换成分。历史往往与知识分子的情绪紧密相连。而中国的知识分子的集体无意识，往往又是一个持续千年的永恒梦呓。赛金花现象就分明是中国千年文人名士的一个梦，带点自由，带点好色，带点幻想，也带点意淫”、“赛金花一如既往地红了下来。这样的结果，只能归结于中国文化这片土壤了。每逢一个时代遭受重创之时，在七尺男人们支撑不下半壁江山的时候，就会涌现出几个孱弱的女性，用她的勇敢来给柔靡萎顿的时代平添几分峻拔和阳刚”。遗憾的是，这样充满悲哀和讽刺的闹剧至今依然在上演，只是又增添了些商业的色彩，看看黟县“赛金花故居”里导游们吐沫横飞的解说，还有黄山市花巨资在新安江延伸段修建的徽州名人照壁，那上面赛金花赫然在立，与朱熹、胡适、戴东原等一同为人瞻仰，真是让人喟叹不已。

三

新安江是徽州的母亲河，要认识和了解徽州，就必须走进新安江。赵焰在他的徽州精神之旅中，切切实实地感受到“新安江使得徽州有了灵魂,也有了无限的内容”。正是为了寻找这种灵魂和内容,他为我们奉献了他的《行走新安江》。

《行走新安江》从新安江的源头起笔,顺流而下,以有影响的重要村落为依托,对阔大的新安江流域的古代文明进行梳理和盘点,在为读者呈现了一个自然徽州、烟火徽州的同时,也为读者奉献了一个属于作者的文化徽州和思想徽州。

新安江畔的山林野地自古就是隐士们的理想之所,其上游的率水两岸更是有不少这样的隐士,他们成为今天后人们乐意谈论的祖先。在流口、溪口、回溪、陈霞等地,无论李姓、朱姓、陈姓、张姓的繁衍,几乎都与先人在这里选择闲云野鹤的生活有关。通过这样的“考古”,赵焰认为:“徽州众多的隐士,造就了徽州亦儒亦道的精神。儒,是进取的,是理性的,是社会的,是宗族的,是由然于心的;而道,则是个人的,是直觉的,是天然的,是无可奈何的。”如果说,徽州人在经商和科举方面的努力更多体现的是“儒”的一面,那么晚年回归故土、终老乡野可能就出自“道”的因素。不过,就总体上的徽州人而言,个别人的成功似乎改变不了整个群体的基本特征,闲散一旦成为这个群体的普遍追求,慢慢会使平庸与麻木随之降临,久而久之,大好山水之间,便不再有隽永的思想和清逸的吟唱,见得多的,怕只是贫血而苍白的人群。

新安江的两个重要源头率水和横江分别从休宁海阳的两侧穿过,这里注定会成为藏龙卧虎之地。在科举时代,这里曾创造了独出 19 个状元的奇迹,在全国 1200 年间总共 800 个状元中,几乎占据了 1/40,而它的人口,从来没超出过 20 万。今天这里的人们建造了“状元博物馆”,并以“中国第一状元县”的品牌对外宣传,以此树立勇争第一的形象。这样的用心当然也不是没有道理,不过总会让人觉得有些牵强的味道。作为从小在这里长大的笔者,一直对这种宣传难以置评,概因就史而言,这确是了不起的事实,但就思而言,一味推崇恐怕缺少了些当代的反思。我在那个博物馆里,内心的情绪正与赵焰相仿佛:"我在里面转了一圈,感觉如同隔世。对于封建时代的科举,我一直很难表达自己的观点。虽然科举作为一种取士制度本身有着它的合理性,但因为在渐变过程中失去健康,也失去方向,加上统治者暗藏着的别有用心和阴谋,所以最后的结果可想而知。"当然,赵焰比我想的更深,他的话也切中了问题的根本:"科举制度到了后期,由于考试内容越来越僵化,这种制度已严重限制了人们才能和创造力的发挥,变成了一种自娱自乐的知识游戏和自坠其中的迷魂阵,整个取士过程因为缺乏合理性,更像是某种程度上疯狂的杂耍、铺张的点缀、无聊的品咂、尖酸的互窥,甚至是病态的自残。从本质上来说,这样的文化现象丝毫不具备对于社会进步的推动,当一种制度和措施在方向上出现根本性错误时,这当中的力争上游,又具备什么意义呢?"也因此,赵焰在后文谈及戴震时,非常明确地指出:"尽管休宁在科举上曾经状元满堂,但是,这些状元们的成就和思想加起来也比不上一个曾经在科举上名落孙山的同乡,这个人就是戴震。"可是,当地人为什么又一个劲地炫耀状元而忽略戴震呢?

古代徽州的宗族制度以它的严密和规整长期受到研究者们的重视,那些威严宏大的祠堂和完整精细的族谱宗谱也一直是徽州人乐于对外展示的珍宝,但当年它对家族成员带来的禁锢和束缚却在有意和无意之中被忽略了。当赵焰走进这些祠堂时,他感受到了那种四面八方传递来的无形气韵,既让他震撼,也让他谦逊和卑微,从而意识到自己的渺小。这样一种根本上缺乏对人性的理解和尊重的制度,最终在现代化的冲击下走向没落是必然的。赵焰认为,这种宗法制度对于徽州的影响在很长时间里一直是巨大的,徽州的村落和家族,就是依靠这样无形的力量，盘整、喘息，然后向前运转。这也让我想起，许多徽州人在各个方面取得巨大的成功，往往是在走出徽州以后，而在本土，有大出息的很少，似乎外面的世界更有利于他们彰显生命的活力，他们的智慧和才能更有施展的天地。新安江，作为一条通向大海的徽州人的生命之河，当年就是通过它，将徽州人导向外面的世界，创造出了商业的奇迹。但同样也是通过它，徽州商人又把赚到手的满钵金银运回徽州，买地造房，使巨额资本转回到乡间，但那，大都是为了安顿他们的晚年了。

四

赵焰的散文思想清晰，文字飘逸，可以看出他不仅有较好的哲学、美学功底，而且善于文学表达，善于将史实、思想和文学表达相结合。在学者散文中，许多理论家都提出了这几者的结合问题，但常常见到过于堆砌史料或滥发议论或是缺少思想深度的一味抒情的倾向。在徽州文化散文中，怀旧和缅古题材的作品尤多，因此都离不开具体真切的历史材料，但往往难见从中提升出有启迪的思想。散文理论家范培松曾说：“学者散文家们视散文创作为文化精神的穿越，他们几乎都有文化怀旧的癖好，但文化怀旧不是他们的本意，文化怀旧的终极目标是文化精神的穿越。”另一位散文理论家王兆胜也说：“在散文中，知识是一些材料，它必须被思想和智慧点燃，才会获得个性和生命”。文化精神的穿越，就是能站在当代精神意识的高度去与传统和历史对话，而不是消弭了作者的当代立场，完全被历史材料淹没。赵焰的作品，在这一方面，应当说在同类作品中不同一般。在《千年徽州梦》中，作者曾经这样评论过徽州歙县一支为祖先汪华守墓的汪氏后人：“在骨子里都带有这样的成分，自尊、无聊、倔强、目光短浅、甘于平庸。这种守墓的意识，一开始是某种外部信号，是义务，是责任，而随着时间的延续，慢慢地就变成了一种习惯、一种传统，变成了性格的组成部分，而最终幻变成了潜在的深层意识”，这种文字让人觉得有些残酷，但却发人深省。很多人在谈及徽州的宗族文化时，往往只是强调它的光宗耀祖、保本带德功能，似乎对促进后人潜能的发挥大有积极作用，而赵焰的深入分析显然看到了问题的另一面，他的言外之意似乎还包括：这种守墓意识是否还会进一步幻变、蔓延、影响到整个文化氛围，从而揉为徽州人基本性格的一个重要成分？今天的徽州人的骨子里，是否多少还存有这样的守墓意识？也许不再是为某一位具体的先人，而是整个徽州的昨天？

谢有顺在《不读“文化大散文”的理由》一文中写道：“我发现，文化大散文有一个普遍而深刻的匮乏，那就是在自己的心灵和精神触角无法到达的地方，作家们几乎无一例外地请求历史史料的援助。甚至在一些人的笔下，那些本应是背景的史料，因着作者的转述，反而成了文章的主体，留给个人的想象空间就显得非常狭窄，自由心性的抒发和心灵力度的展示也受到很大的限制”，他认为：“历史的力量，对于散文作者来说，恰恰是以非历史的方式达到的；它不是为寻求历史的正确，而是为了接通历史秘密中的心灵通道”，这种接通历史秘密中的心灵通道，就是与历史的对话，一种对历史真谛的个性化揭示，一种以我为主而不是以史料为主的主体思想和审美建构。读这样的散文，主要目的不是去重温那些人们已经知晓的历史史实，而是感受作者的艺术和生命体验、领略作者的思想升腾。我认为，赵焰的徽州文化散文非常自觉和清晰地体现了这种追求。

赵焰的徽州文化散文还体现了对诗的意境的营构，在给读者以思想启迪的同时，也不忽略艺术上的享受，并未因追求思想而放弃艺术。在诗的意境的营构上，赵焰非常重视语言的选择和提炼。他的语言清丽而不奢靡、飘逸而不玄虚、理性而不艰涩，具有鲜明而突出的表现力。他以“清明”概括胡适先生性格的主要特征，以“秋雨西递”为题，讲述西递的历史演变，那种多少带有几分凄清的气氛始终萦绕在读者的心头。还有“澄明婺源”、“家族的背影”等等，都能达到引发读者朝着言外之意进行联想、回味的艺术效果。这种言外之意其实也就是一种意境，它并非仅限于自然景色的描绘，也包括一种思想的升华和启悟，一种促使读者发散思维的效果。

从年龄上说，赵焰还算是一位中青年作家。早年徽州生活的文化浸润、大学时代开始文学创作的基础、近年来记者经历的磨炼，加上他的勤奋和聪颖，使得他有着开放的视野、敏锐的眼力和寻求独特表达的冲动。这一切，使得他在面对尘封的徽州文化的珍宝时，既掩不住他那神往与眷恋的情绪，又能保持清醒与冷静的理性。在徽州文化的影响越来越显赫的今天，我们既需要对它的挖掘、保护、整理和宣传，但同样也需要赵焰的散文，能让读者多一个角度认识徽州、理解徽州，这才是当代徽州人对于历史的徽州应有的态度。由此想到现在各地都热衷于宣传地方文化，以此来扩大影响、提高知名度，相应地也就涌现了各种形式的文学作品，包括散文、游记、诗歌等，这本也无可厚非。但要让这些文字成为真正有价值的文学，却离不开文学成功的基本规律，那就是一要有思想，二要有个性，优秀的地域文学创作同样是不能例外的。

黄立华

溯游在苍白的乡愁边缘

前 言

赵焰曾在《无法逃遁的忧郁》里写道:“为什么人总有故乡情结呢?因为意识里想要归去。”每个人心中都有一个故乡,可能是真实存在的地域,也可能是内心依附的精神家园。无论是否身处“故乡”,我们都在寻找这样一个安身立命之所。

赵焰,作为徽州故里的书生,是故乡文明的保护者和宣扬者,所创作的文学作品融进了一种“徽州情结”,而这份情结又使得他看似成功的生命添上了一份“无法逃遁的忧郁”。他在作品中寻找着真正的“老徽州”,同时,他也在迷失,迷失于消逝的徽州之中,迷失于自我灵魂的探索之中。至于为何写作徽州,用赵焰自己的话说,“与其说是思念的流露,不如说是乡愁的排遣。一种坠落于时空变幻中复杂情感的宣泄”,“是一种血液里的宿命,是一种前世的回光返照”。可以说,“忧郁”是徽州写作的起因,徽州写作则是赵焰无法逃遁的宿命。当一件事烙上“宿命”意味的时候,那必定赋予这事壮烈的色彩,也会给主创者更添苍凉况味。简媜说过深情若是一桩悲剧,必定以死来句读。赵焰对于故乡徽州,确实有着义无反顾的深情,但不同于莎翁痴烈的悲剧,也不同于静安的身殉文化,赵焰的深情是温润着的,不张扬却深刻。当所有人都轰轰烈烈地向前去,赵焰先生却停下来回望,凝视着面目全非的老徽州,溯游于苍白的乡愁里,酣梦在千年徽州的温存中。他曾说

“能与徽州相对，是有福的”。我想作为读者，能读到这样的徽州，也是有福的。

“徽州情结”是赵焰文学作品呈现出来的鲜明特征，无论其散文、小说还是电影随笔，都大量出现徽州的影子。如果说赵先生对徽州文化的考察研究是对童年经验的理性补充，那么徽州写作则是真正将“生态徽州”转化为“精神原乡”的一股情感力量。这股力量始终贯穿于赵焰的文学写作中，也成为赵焰生命建构的核心线索。因而，笔者将以“第三只眼看徽州”系列作品为主，探寻其“徽州写作的内容和特点”；以小说中的徽州为对象，明确其“徽州写作的虚构和创造”；同时，综合小说、散文、影评等，来揭示“徽州写作是一种宿命”，阐发“徽州情结——溯游在苍白的乡愁边缘”意蕴，探讨赵焰文集与徽州情结中的关联。

一、徽州写作的内容和特色

徽州，简称“徽”，古称歙州，又名新安，宋徽宗宣和三年(1121年)，改歙州为徽州，徽州府治即今天的歙县，历经宋元明清四代，统一府六县(歙县、黟县、休宁、婺源、绩溪、祁门)。这里是徽商的发祥地，有“无徽不成镇”、“徽商遍天下”之说。现黄山市则是1987年改徽州地区而得名。此地由徽商、徽剧、徽菜、徽雕和新安理学、新安医学、新安画派、徽派篆刻、徽派建筑、徽派盆景等文化、思想、建筑、商业等合力而成的徽学，博大精深。

赵焰，现任《安徽商报》总编辑，安徽旌德人。旌德县与徽州山水相依，属于徽州区域。作为青年作家的赵先生曾出版散文集《男人四十就变鬼》、《思想徽州》、《平凡与诗意》、《萤火闪烁》、《千年徽州梦》、《活着偏爱野狐禅》；小说集《与眼睛同行》、《无常》；电影随笔集《夜兰花》《碟影抄》；晚清三部曲《晚清有个李鸿章》、《晚清有个曾国藩》、《晚清有个袁世凯》，以及历史随笔《在淮河边上讲中国历史》、《行走新安江》等。曾为中央电视台 20 集专题电视专题片《徽州文化》总撰稿人。2011 年，北京师范大学出版集团安徽大学出版社出版了赵焰“第三只眼看徽州”系列，主要包括《徽州梦忆》、《老徽州》、《思想徽州》、《行走新安江》、《徽州老建筑》（与张扬合著）。

赵焰不仅生长于徽州，行走于徽州，而且把其对家乡山水的热爱融进他对徽州历史文化的思考中，他的笔下有着对白墙灰瓦飞檐的徽州风光的清唱，有着对徽州历史的绵绵追寻，有着对徽州名人的鲜活描摹，更有着对徽州文化的深思。其中，“第三只眼看徽州系列丛书”是作家赵焰以一位文化行走者的姿态，用感性、生动的散文笔法，以生动而富有穿透力的现代语言方式，全面而深入地阐述了徽州历史、地理、文化、人物，既形成一种整体概貌，又分作不同角度、各有侧重点地展现徽州的风韵。

《徽州老建筑》从民居、祠堂、牌坊、戏台、园林、书院、桥、塔、亭等方面，系统地介绍了徽州老建筑，具有很强的可读性、专业性和知识性。《徽州梦忆》以一种比较干净的方式书写徽州的山水，村落，人事和历史，以印象派的写意手法和现实主义的深刻思想描写和追寻“徽州梦忆”。《老徽州》主要通过对老照片的描述和介绍，还原一个清晰有质感的老徽州。《行走新安江》是赵焰从新安江的源头开始行走，脚步所到之处，笔尖娓娓道来，既有对新安江两岸风情的描述，也有对徽州文化的深刻阐述，更有对东西方文化深层次意义的哲学思考。《思想徽州》主要介绍了却道天凉好个秋、桃花源里人家、秋雨西递、澄明婺源、书院春秋、清明胡适等内容，解释古老徽州的底蕴。

概言之,“第三只眼看徽州”系列主要撰写了建筑、地理、人文、历史(包含史志和老照片)四大题材。对建筑的描写主要集中在《徽州老建筑》,比较系统地撰述了民居、祠堂、牌坊、戏台、园林、书院、桥、塔、亭等九个方面。另外,在《徽州梦忆》、《思想徽州》、《老徽州》等书中,赵焰以散文的笔法描述了他对徽州建筑的复杂的感情。比如《徽州梦忆·民居印象》一文中提到民居建筑格局的封闭使得老房子在岁月中几近寂寥和幽秘,这些老房子几乎是没有表情的,在庄重之中包含着警觉、呆板、悭吝甚至颓废。这是徽州建筑在其精致外表下所蕴藏的心脏,是赵焰对于徽州建筑的个人品悟。地理方面既有《山印象》、《水印象》等对徽州地理的整体性概括,也有《行走新安江》中对新安江畔各个村落的考察。而《老徽州》中的“那些山川”、“那些城镇”两部分,以图片加散文的方式形象化地为读者展现了徽州独特的地理风貌。人文方面既有对朱熹、胡适、陶行知等学者的介绍和评价,也有对传奇女子赛金花、儒士许承尧、一般徽州人的描摹;既有名扬海外的徽商传奇,也有自娱自乐的徽戏;既有风水宝地的衍说,也有文房四宝的技艺等。

历史是贯穿始终的,融汇在生活的方方面面。徽州本身就是一个历史的产物,不论其建筑、地理还是人文,其实都可算作徽州的历史。因而,我们不难发现,赵先生的文章或多或少地都会引用当地史志内容,比如写朱熹,《婺源县志》记载,在婺源“文公阙里”有一口井,朱熹出生时,这口井紫气贯天,不绝如缕。且不管此记载是虚是实,但有一点可以肯定,朱熹的确是个传奇人物,他在中国封建社会后期成为东亚汉文化圈顶礼膜拜的理学家。又比如写黄山地理,在《老徽州·旧时的黄山》一文中,讲述了黄山的开发历史,以及徐世英、李四光等人对黄山开发的贡献,在史志、乡邦文献记录的另一面,补述着黄山的历史。赵焰善用历史的笔法，抒写徽州的人情世故，使得徽州系列作品能扎根于深厚的历史根基之中，褪去浮躁与矫情，更显踏实和质朴。比如《老徽州·旺川村史》不是单板地罗列旺川各个时期的重大事迹，而是以赵焰先生的中学语文老师曹健与其家乡徽州旺川的血肉相连之情为主线，在撰述旺川村史的基础上使得更深层次的乡恋之情呼之欲出。

之所以在赵先生笔下，历史徽州拥有博大精深，又有血有肉，有滋有味，这主要跟赵焰对待历史的态度有关，而这种对待历史的态度也正是赵焰徽州写作的特色。

赵焰在《历史就是记忆》一文开篇写道："生命就是记忆。只有记忆，方能将现实与过去联结起来……同样，一个地方，如果没有人的活动，没有记忆，就谈不上历史"。徽州的历史是在几千年人的活动和记忆之中慢慢积累而成，老徽州一直在她自己的记忆之中。这种记忆里有辉煌的人事，有流传的技艺，有沉默的村落，有蜿蜒的山脉和绵长的河流，有孩子的啼哭和老人的叹息，有岁月附加在徽州的内容。这是关于徽州的记忆，实际上也是作者赵焰本身的记忆。

如总序《苍白的乡愁》便是以"在我的印象里"开篇，絮说了作者半辈子生活在徽州的印象和记忆。在《徽州梦忆·楔子》中，赵焰继续写道："徽州的历史，从普遍意义上说是公共的历史，是那种写在纸上。口口相传的历史；但就我个人而言，我更愿意把它当做是个人的历史，一种具有私密性的历史，这样的历史才会有血有肉、有滋有味。"对待几千年的浩瀚历史，就像是对待短短一生的私密个人史，这便是赵焰对待历史的态度，而这种看似井底之蛙的态度实际上正是一个作家最真诚的灵魂。

正是在公共历史的框架中洇入了赵焰个人的记忆与思

考，才使得其徽州写作的文字盛宴更有血有肉、有滋有味。可以说，赵焰眼中所见的徽州是地域建筑，是人文、风俗、地理、技艺等客观存在的历史，也是赵焰个人私密性的历史，是人与故乡缠绵的花火，是人与世界冲击的思想，是人与灵魂追逐的修行。对于一般的考察队员来说，“考察”只不过是一个中性的动词，就像许多关于徽州的史志是需要真凭实据的，讲究一个“真”字。而对于生在于这片土地的赵焰来说，徽州写作则成为一个感性的行为，字里行间无不透着一股情意，人的命运和故乡土地的命运紧紧相连。

二、徽州写作的虚构与创造

有学者称虚构是小说的生命，小说是虚构的艺术。但不可否认的是，无论小说家写作时如何努力地绕开自身的生活，作品中总会留下或隐藏着作者的符号意识。美国学者耶鲁大学比较文学教授雷纳·韦勒克在其论著《文学理论》中提出：“伟大的小说家们都有一个自己的世界，人们可以从中看出这一世界和经验世界的部分重合。但是从它自我连贯的可理解性来说，它又是一个与经验世界完全不同的特殊世界。”张国清在《童年的恋歌，故乡的情结》一文中解释说，这段文字包含着两个方面：“一是小说家的艺术世界来源于生活，也就是说，作品时作家本身经验、本身生活传统的戏剧化表现；而是任何一位作家都有一幅通过创作精心绘制的文学地图，而这文学地图上的坐标原点往往是他童年记忆最深刻的地方，也是给他日后写作带来无尽素材和灵感的心灵故乡。”也就是说，作家从童年经验、家族史和故乡风情中汲取小说虚构的原型，使得其文学创作充满个人特色，地域特色和民族特色。在中国现当代文学中，鲁迅、沈从文、老舍、萧红、阿来、韩少功、刘亮程、张承志、迟子建、莫言、贾平凹等一大批作家都选择以“故乡”为原点，建立了属于自己的文学领地。

赵焰的徽州写作秉承了这一写作传统。在散文写作中，他以个性化方式还原了一个有血有肉的“老徽州”，而在小说创作中，徽州特色进一步以虚构的方式典型化。若是散文中的徽州还有着“历史”的烙印和“现实”的障碍，那么，小说中的“徽州”则被放大化，典型化，也更加私密化。关于徽州的小说创作，是赵焰在对徽州建筑、人文、地理、历史等客观存在的内容熟稔之后加以个人想象和虚构后的文学作品，作者按心中对“徽州”的理解加以艺术加工，使得许多散文中无法表达或是表达零散的思想都在小说中聚集深化。

赵焰的小说写作分为前后两期。前期代表作是赵焰在90年代末出版的小说集《与眼镜蛇同行》，其中的徽州色彩并不十分明显，徽州仅仅是作为小说的某个环境背景呈现的，并且很多篇小说中都没有提到徽州。但是若结合赵焰的徽州散文系列去考察，你就会发现，这些看似没有具体时空的小说当中其实暗含着徽州风貌以及徽州人的特性。比如《春晓》中有一段描写：“坐在孤零零的茅草屋里，他在想，但他再也没有琢磨出个道道，只是觉得自己似乎悟出点什么。有点害怕。”而在“第三只眼看徽州”系列中，赵焰也多次强调徽州民居的压抑以及徽州人的孤敛。也就是说，此时的“徽州情结”正以不自觉的潜在意识渐次潜入赵焰的小说创作之中。

对于赵焰小说集《与眼镜蛇同行》的题材、人物、风格和思想，陈振华在《古典意向和现代心情——赵焰小说论》曾作过研讨，他认为：“面对徽州，赵焰是陷入了一种理性与情感两难的境地”。一方面，赵焰深深热爱着徽州的文化和自然山水；另一方面，经济时代的浪潮冲刷着古老宁静的徽州，原本淡泊的古城渐渐也变得唯利是图，这本质性的变化又使赵焰陷入深深矛盾中。前者如《美剑》、《遥远的绘画》，作者借人物之口感叹徽州的绝世美景；后者如《镜花缘》，城市青年画家王明来徽州寻找灵感，试图描绘出徽州的灵魂，却发现一个早已被物质现代性扭曲了的徽州，阴鸷、变形，甚至带有了些许妖气。这是两个极端的世界，却能如此巧妙地相融在徽州，绝美的自然更加反衬人类世界的丑恶，揭示出现代人类对老徽州的入侵和破坏。故作品中赵焰所要表达的并不是单纯的爱或者恨，如他自己所说是“一种坠落于时空变幻中复杂情感”。

由于有一股如影随形的乡愁牵绕着他的生命，因此这也成为赵先生徽州写作的动因。在小说中，他反复溯游在徽州的灵魂深处，痛苦着徽州的痛苦，思索着徽州的思索。但又因为当时赵焰对徽州的研究尚未深入，因此“徽州情结”对赵焰来说只是停留在童年记忆和徽州生活体验的表层情愫，这情愫飘移在还未探知，也无法完全探知的故乡本身之外。

赵焰后期小说的代表作，是 2012 年出版的小说集《无常》，其中包含了《春之侠》、《夏之缘》、《秋之禅》、《冬之真》四个中篇，这是赵焰对“徽州情结”的整合和深化。徽州已不单单是小说的环境背景，而是上升为小说的主体，成为赵焰小说创作的内核。与此前的小说创作不同，这四个中篇都以“黄山”为线索串联。“黄山”不仅是一个绝美的景点，更被设置为一个近乎“道”的象征。在散文《徽州梦忆·山印象》一篇中，赵焰写黄山：“黄山的美丽绝伦，使得它在这个世界上一直保持着居高临下的姿势，它是俯瞰众生一览众山小的；与此同时，因为美丽至极，它也是简单的，它只是美的，它的美让所有赋予的意义都显得牵强附会。”《无常·夏之缘》中写黄山是一种更接近与精神的东西。《无常》中的黄山象征着美，也象征着至高的道，它像一个高高在上的智者旁观着世事无常，人间悲欢。

赵焰以春夏秋冬四季轮回的象征故事与故事的轮回来表

现小说的主旨。他以春子、夏子、秋子、冬子四个女主角象征春始之萌动，夏盛之热烈，秋寂之禅定，冬末之覆没，且这四个不同时代不同命运的女子右肩胛上都有一枚桑葚大小的朱砂胎记，这种虚构又是作者设计的另一种宿命的轮回。春子是生长在黄山的女神，夏子无意葬身于黄山，秋子在黄山出家得道，冬子以黄山谋生却意外死于异国。生活在古代的春子和夏子得以悟道，而现代的夏子和冬子则走向了毁灭。男主角也不可避免地被设定为悲剧的失败者，他们各有所长也各有所成，但都走不出精神的困境。痴迷于剑术的胡云终成疯魔，痴迷于绘画的王明在现实与理想里挣扎，纵欲骄横的金陵王空活一世，圆滑世故的吴言不过是一只灰头土脸的乌鸦，庸庸碌碌。这种困境是赵焰本身的困境，是徽州的困境，更是整个人类的困境。在《无常·后记》中，赵焰写道："数千年以来，虽然物质变化一日千里，但在精神层次上，其实人类的变化并不太大，并没有实质性的进步。"这也是赵焰在徽州系列作品写作时思考的问题，尤其是《思想徽州》一书中，他强调徽州一直是有弱点，也是有局限的，比如"它精神高度相对低微，它一直未能突破的修为，它暗藏着小气和促狭"。可以说，对于徽州精神以及人类精神的探求一直是赵焰文学创作的主题。

在《无常》的四个中篇中，《夏之缘》是对早期小说《镜花缘》的改写。画家王明试图找到进入徽州的切入点，寻觅一种真正的徽州精神。油画《徽州的蛐蛐》，"整个基调是灰暗的，背景是徽州的老房子，飞翘的屋檐以及斑驳的墙壁，整个画面有点倾斜，很险，但又很牢固。在右下角，有一群人在斗蛐蛐。蛐蛐是看不见的，看见的是几张麻木丑陋的脸，其中有一张兴奋得完全变形……"王明也十分兴奋地发现这张油画正是自己苦苦寻觅的徽州精神，它以一种现代意识冲击徽州的古老灵魂，直入徽州内核。在王明的画中，徽州是阴性的，带有不可置否的悲剧色彩。在《苍白的乡愁》一文中，赵焰曾提到一只他珍爱的古董蟋蟀罐，蛐蛐是赵焰童年的美好回忆，而在小说中斗蛐蛐成为了一种讽刺。现代徽州人渐渐脱离古徽州的淳朴，在物质化时代变形扭曲。变形成为徽州的艺术生命的本身就是一种讽刺，而外来者对于徽州的理解是一种更大的讽刺。王明自以为寻觅到真正的徽州精神，但实际上王明并不懂得真正的徽州灵魂，以现代意识扭曲了的徽州实际是人物自身心灵扭曲的变相。换句话说，徽州还在，只是人们看待徽州的眼光变了。陈振华在《古典意向和现代心情——赵焰小说论》中总结"赵焰在对徽州文化底蕴的深层握把中揭示了徽州人的生存状态——古老的文化品性与现代性盘根交错的胶着状态"。这种纷繁复杂的胶着状态正是赵焰小说的潜台词，也是赵焰与徽州牵连纠缠的宿命。

在赵焰小说作品中，徽州有一个生态故乡应有的历史和底蕴，也有一个逝去时代应有的苍凉和缺陷，同时它更是一个相当于哲学命题的巨大困惑。在《无常》的小说创作中，赵焰曾一度陷入阴郁，陷入人生困惑的死胡同中。思考死或者思考人类，从来都是徒劳，但这没有答案的徒劳却能使人的精神境界得到提升。在深入徽州世界的同时，赵焰的精神世界也沉入一个永恒与无常的轮回，在这轮回中，漂浮着、翻滚着、挣扎着、颤抖着，在无常的风中用思想和艺术剥离雾霾。总之，赵焰的徽州系列小说立足于徽州，同时又拥有超越于徽州之上的洞察力和思考力，用文字艰难地探寻着世界和人性的幽微之处。

三、徽州写作是一种宿命

汤显祖有诗"一生痴绝处，无梦到徽州"，世人对此诗意义争论不断，后来却不了了之。根据字面理解，加上媚俗和从众的心理，这首诗自然而然被当做褒扬徽州的千古绝句了，成为近年大热的徽州旅游标语之一。汤显祖或许并没有梦想着徽州，只是徽州人想编织一个属于徽州人的徽州梦。赵焰在《徽州梦忆·高人即仙》中提到，“根据这样的诗句理解，到徽州是不需要做梦的，因为徽州本身就是梦想。当一个地方既遍地流金，又山川秀美，并且能够实现天地山水树人之间的和谐时，又何必再去梦想什么？”这是徽州人的自豪和梦想，而赵焰在这梦想之上更添学者清醒的洞察和文人细腻的思索。从年幼时的无梦（成长）——成年后的梦（记忆）——经济时代的无梦（失落）——徽州写作的梦（思索）——徽州写作后的无梦（超脱），可以说这是赵焰个体生命洇入徽州世界的生命轨迹，也是赵焰徽州写作、探寻人生的生命历程。徽州、徽学、黄山是学术界、艺术界、旅游界的热点，许多文本里都躺着徽州的实体，而在赵焰这里却闪烁着渐行渐远的徽州灵魂。

沈从文在《从文自传》中曾说过，“现在还有许多人生活在那个城市里，我却常常生活在那个小城过去给我的印象里”。可以说正是这对故乡深刻的印象成就了沈从文的文学生涯。生于徽州，长于徽州，又长居徽州的赵焰，同样对故乡徽州有着奇妙复杂的感情。在徽州写作中，地理、历史、人文、建筑等题材占据着半壁江山，还有半壁则是更为纷繁的作者自身的记忆和思考。这记忆和思考包括作者童年经验的回忆，以及成年后回望故乡的思索和体悟。

赵焰说徽州写作是他的宿命，之所以如此说，可以归结两点。第一，因为赵焰是徽州八大姓之一——汪姓家族后人。在《家族史》一文中赵焰提到他的母亲姓汪，母亲家族的“汪”是偌大汪氏家族的一个小小分支，是一条河流的一个微不足道的支流。汪姓发源于周朝，第一始祖姓姬，周朝鲁呈工黑肱的次子，一生下来，左手有一个似“水”的掌纹，右手有一个

"王"字纹,取名为"汪"。四十四祖汪华,是隋末唐初一大英豪,拥兵十万,号称"吴王",后接受李渊招安,被封为"越国公",葬于歙县云岚山中。汪华七子爽公一支奉命守墓,从此在慈姑一带长居。赵焰母亲就是慈姑爽公的汪氏后代。越是枝繁叶茂的大家族,当时代落幕后,家族的背影显得愈发落寞与沉重。在《家族史》中,赵焰自语:

"在了解错综复杂的家史过程中,我常常有如坠烟云之感。我想对于一个庞大的家族来说,最形象的比喻就是一株不断生长的树,春去秋来,树繁新枝,叶生叶落。每个人都是树上的叶子,生长一季,然后便翩然落下。叶子与叶子之间的关系,是要随枝枝桠桠走的。……在慈姑这块地方的很多人,在骨子里都带有这样的成分:自尊,无聊,倔强,目光短浅,甘于平庸……这的确是一种守墓人的习性,是一种远古的记忆。这种守墓意识,一开始是某种外部信号,是义务,是责任,而随着时间的延续,慢慢地变成一种习惯。变成一种传统,变成了性格的组成部分,而最终幻变成了潜在的深层意识,变成一种原始的回忆,变成了骨子里的血清或微量元素。……在我的血液里也是残留着这种"守墓人"的意识的。那是对于徽州文化的迷恋和沉耽。是拾掇也好,是追忆也好,是批判也好,都是剪不断,理还乱。从绝对意义上来说,也许我现在对徽州的探究和写作,也是一种血液里的宿命吧,是一种前世的回光返照。而我更愿意从记忆中去倾听一种声音,从大理石的纹理中去发掘历史的图像。是的,我就是这样一个守墓人。"

守候徽州本就是汪氏家族的使命，守墓意识世代相传。有些人用身体守候故土，赵焰则用精神固守家园；有些人在平庸岁月中越来越沉默失语，赵焰则越来越坚韧清醒，甘愿以一个守墓人身份无悔地守候着徽州的残骸。这种守墓意识，已超越伦理意义而转化为赵焰的生命追求，推动其生命血液的流通。赵焰和徽州之间的关联就如他自己所说，是“一种血液里的宿命”：一方面，赵焰本身流着徽州后人的血液，这是传统伦理意义上的“宿命”；另一方面，赵焰将徽州情结作为其创作的主题和人生的追求，这是精神层次上的“宿命”。

徽州写作是作家赵焰在其文学创作中的自觉选择，是赵焰中年回望故乡的结晶。赵焰在而立之年后开始了对徽州的回望。他说：“在这样的年纪里和徽州相约，可以说是一件非常幸运的事情，因为只有中年情结才算是真正的人生滋味。而且那是一种深度的味道，不仅仅是酸甜苦辣麻，而且还是‘欲说还休，却道天凉好个秋’”。年轻时的赵焰感觉徽州的精气神都属于过去，而在现世，徽州只是表现为“断垣、残壁、老树、夕阳、废物碧苔、老月青山、白发布衣”的一个破碎斑斓的梦。当年届四十的赵焰回望徽州时，眼前已不单是耳目所及的厚重历史，不单是喜欢与否的单薄情感，更多的则是一种对于自己人生的感悟。

关于作家回望故乡的写作，王炳熹在《回望故乡：从原生态故乡到文学故乡的升华与超越》中写道：“跳出家乡有限的狭隘视野，站在一个视角广阔的巨大空间，凝眸回望那个承载着悠远历史的故乡，故乡文学才能完成最后的华丽转身。从逃离故乡到回望故乡，再到文学故乡，这是一个作家文学创作的历史轮回，也是从原生态故乡到文字故乡的路径选择。”从这段话中我们可以看到，作家笔下的故乡是作家自身达到一个高度后再回望故乡的结晶，从原生态故乡到文学故乡是作家文学创作的升华。

赵焰徽州写作也是如此。他曾在《行走新安江·序》中写道："对于年轻的我来说，除了如诗如画的感慨之外，对于世界，尚不具备思想的穿透力。我只是单纯地欣赏新安江西安的美景。"故乡只是以自己的方式存在，青年人思考力的欠缺往往导致对于故乡只是"为赋新词强说愁"的表层爱恋或者憎恨，而体会不到故乡的本质意义。带有浪漫主义激情色彩的青年则往往渴望逃离禁锢的故乡，去张望外面喧嚣的花花世界，对于故乡情结更是无动于衷。只有一颗宁静而又略带沧桑的心才能深情回望故乡，只有一份阅尽悲欢又单纯如初的思想才能建筑文学故乡，尤其是徽州这样古老的故乡。在赵焰广泛涉猎哲学、经济、军事、文学、史学等各种知识、阅历人生种种况味之后，再回望曾经成长的故土，这也是一种奇妙的缘分和宿命。通俗地讲，就是在对的时候遇到了对的人事。正因为这样一种赤诚的相遇，使得赵焰和徽州这两颗灵魂得以互相契合，从此一发而不可收。

在《徽州梦忆·楔子》中赵焰谈他的文章："我的文章只是徽州的影子，而我一直努力制造这个影子，是因为这个影子相对能代表我灵魂的黑夜，它可以去相对弥合存在于我和徽州之间的距离。在一个地方生活久了，地域灵魂就会和人的灵魂合二为一，只有在夜深人静的时候、在万物归一的时候。它们才回悄悄浮上来，彼此之间对视凝望。"赵焰用徽州写作来寻找徽州的影子，来弥合与徽州的距离，同时也在其中渐悟天人合一的道理。

当赵焰在深夜与徽州相对，徽州也渐渐从一个外在的生态故乡转化为赵焰的精神故乡。也就是说，"作家笔下的故乡，已经不是原生态故乡景致的简单复制或拷贝，更不是简单的情景临摹，而是一个艺术化了的虚拟的文学故乡，是一个更为真实、更为瑰丽、更为良善、更为丰富的文学世界”。赵焰在《思想徽州·序》最后一段也说过:“我的文章,也要以一种‘后门’突入的方式,一下子直指徽州的内核。然后,徽州便在我的目光之中,摇曳多姿,满地生辉。”将故乡上升为文学艺术,使得徽州情结成为赵焰文学的个性标志,为作家的徽州乡愁安排了妥切的归属,同时也为徽州写作的宿命铭刻了苍凉的美。

四、徽州情结——溯游在苍白的乡愁边缘

徽州在赵焰的文学中是否锦绣完满呢?赵焰能在文学徽州之中有所皈依吗?其实不然。一是徽州本身是存有巨大缺陷的,二是现实徽州的变化带给赵焰浓重的陌生感,三是赵焰执著追求着的徽州文学故乡是虚妄苍白的。

赵焰在《徽州梦忆·楔子》中将徽州文化放置在中国文化,甚至世界文明大平台上看,提出徽州的根本局限和弱点,就是缺乏真正的宗教精神。宗教精神的缺乏进而导致高贵品质和宽阔视野的丧失,而小农经济的生产方式又极其容易走向疲惫、慵懒和木然,从而使得徽州文化很难形成一种“坚定的张力”。徽商的破落主要也是由于在精神上缺乏对财富的足够支撑,过分追求天人合,最后只能画地为牢,固步自封。赵焰批判现在很多对于徽州的理解,似乎都是有意无意陷入一个误区,即我们把过去的东西想得太过美好,过分高估徽州的历史、审美和人文价值,而掩盖了徽州文化中的呆滞和刻板,小气和促狭,做作和掩饰等一系列软肋。除了徽州本身存在的问题之外,徽州的俗化使得徽州越发陌生。他曾在《思想徽州·却道天凉好个秋》中写道:

“徽州越来越热了。沉寂静谧的徽州已成为一块炙手可热的地方，每天，有无数的游客以及文人骚客涌向徽州，几乎每一个到过徽州的人都会着迷于当地的颓垣碎瓦、荒草冷月，叹服那里博大精深的文化，向往当地人那种悠然自得的生活方式，他们搜寻着古代徽州的古迹，一知半解地诠释着徽州，说着一些陈词滥调。他们哪里懂得徽州呢？他们多浮躁啊！他们的浮躁也会带来徽州的浮躁。这样的浮躁使得现在的徽州越来越虚假，越来越生涩，越来越虚荣。徽州变得越来越脸谱化，越来越戏剧化，甚至越来越时尚化。……这样的变化使我每一次到徽州都有一种新的茫然，也由此有一种越来越浓重的陌生感。”

赵焰一向温润的笔锋在抒写这段话时，却明显带有气懑和质疑，并由此带来更深的茫然。当现代化冲击古老的村落，当金钱试图开发尘封的文化遗产，当浮躁说服了每一个落后的灵魂，徽州的末日也在逐渐逼近。这种喧嚣和浮躁正逐渐腐蚀徽州粉墙黛瓦的纯粹，而商业化带来的本质性的变化更同化了徽州的个性。这种强烈的变化所引起的震撼以及失落，一直让我们困惑和迷乱。不仅是徽州，全中国的古镇古城古村落都在面临着这样一个无法深入探讨的悖论。唯一可以肯定的是，徽州老了，在失语和沉默中老了。

徽州的缺陷和变化使得赵焰这份固执的乡愁显得更为苍茫，也更为宝贵。更为悲剧的是，这份执著是否有价值？

任何事物都经由一个不断发展的过程，而在发展的过程中必定充满着矛盾。赵焰曾在文章里数次提到过一个关于河流的哲学命题，即“人不能两次踏入同一条河”，这是古希腊哲学家赫拉克利特的名言。赫拉克利特解释说，人不能两次走进同一条河流中去，因为当你第二次走进这条河流时，它已经不是你第一次走进时的那条河流，原来的那条河流早就发生了变化。他以此来说明，世界上没有静止和不动的东西，一切都在永恒不断地变化着。任何事物都既存在着，又不存在；因为它存在的时候同时又在变化着，变成了别的东西，也就是原来的东西不存在了。徽州在本质上也是如此。历史徽州，它曾孤独地存在于这个世界，又孤独地弃我们而去。它就像我们眼前的河流，当我们看到时，它早已不是原先的流水了。世界在任何时候留给我们的，都只是它的背影。现实只是过去和未来之间拦腰截断的一瞬间，就像远离家乡的游子，只有远离才能深刻感到那份飘忽的乡愁。在距离历史徽州千年后的现实中，赵焰也被这份苍白的乡愁所羁绊。不同的是，游子的乡愁是空间意义上的，而赵焰对于徽州的乡愁却在更苍茫的时间意义上。乡关何处？只剩无乡可归的凄寒。

如《十五从军征》的主角是个少年，刚满15岁就得出去打仗，直到80岁才回故土。路上碰到一个乡邻，问："我家里还有什么人？"邻居说："你家那个地方现在已是松树柏树林中的一片坟墓。"走到家门前看见野兔从狗洞里出进，野鸡在屋脊上飞来飞去，家中一片荒凉。汤饭做好了却不知赠送给谁吃。走出大门向着东方张望，老泪纵横，洒落在征衣上。静默的叹息轻轻覆压着厚重的乡愁，漂泊的心在荒芜的旧园彻底绝望。六十多年所寄托的故乡竟然早已如尘埃般轻易地被吹得粉身碎骨。纵然身在地理故乡，可是家已不在，邻人相忘，家的意义又何处去寻呢？我想，徽州之于赵焰也是如此。真正的徽州早已如蝉脱壳，逃遁到时空之外，留下的只是历史徽州的残骸，一个关于徽州的破碎斑斓的梦。当赵焰触碰到月光般清冷的徽州时，或许他的心境和那位老兵倚门泪纵时相仿。在《老徽州·那时花开》有一段话，或许可以让我们窥见赵焰的些许心境：

> “对于出生于徽州、成长于徽州，后来离开徽州、又情系徽州的我来说，真正的老徽州，早已成了废墟之地，充满那个时代斜阳的忧伤。……没有过去，没有未来，只有当下。聊以自慰的是，通过这些老照片，我已感觉到徽州的忧伤，已成为我的忧伤，如花一样在静夜之中开放。”

徽州写作是赵焰的宿命，纵使徽州的残缺和虚无带来更多的忧伤，可赵焰自己依然溯游而上，不懈追寻心中的“锦绣徽州”。就像《诗经·蒹葭》所吟唱的：“蒹葭苍苍，白露为霜。所谓伊人，在水一方，溯洄从之，道阻且长。溯游从之，宛在水中央。”本想追寻伊人芳踪，然历经千辛万苦后，却发现伊人只是朦朦胧胧的影子，好像是在水中央，又好像不在。伊人的消失使得追寻失去最初的目标和意义，但是正因为失去了既定的目标和意义，使得追寻本身具有了溯游的意义。徽州也如伊人般，朦朦胧胧地在徽州地域闪烁，或许在夜深人静之时能与有心之人灵魂相对，或许就永远藏匿在某个织满蛛网的屋檐角落。无论在与不在，真实还是虚幻，那份乡愁早已泅入赵焰的血液中，成为其不懈的追寻。或许这就是赵焰在《无常·尾声》中所说的“内心有着执著的目标”。也正如席慕容里《乡愁》里所说：“乡愁/是一棵/没有年轮的树/永不老去”。

五、结论

“徽州情结”是赵焰文学作品的鲜明特征，赵焰也因此被归为“黄山派”作家。在散文“第三只眼看徽州”系列将历史徽州以个性方式转化为有血有肉的记忆，而在小说集《无常》中，赵焰更像一个思想者，探寻着关于徽州、人生、宇宙的哲学命题。徽州写作是赵焰的宿命，他一往情深地溯游在苍白的乡愁之中，有守墓人般的坚贞，也有考古者的专注，有文化学者的洞察，更有一个徽州人对精神故乡不懈的追寻。赵焰的徽州写作，是当下徽州热衷的一阵清朗之风，在游人聒噪的脚步中，开拓出老徽州的记忆和生命。同时，徽州情结也成就了赵焰的文学生命，使得赵焰文学底蕴深厚、思想独到、情感丰沛。朱彪军在《情至深处已惘然》中说，《千年徽州梦》是赵焰对徽州这块土地做着的努力，但本质上它是作者的心灵。也就是说，赵焰笔下的徽州是赵焰用心构筑的文学徽州，同时文学徽州又反作用于徽州写作和赵焰生命建构，洇入赵焰的心灵，烙刻独特的徽州纹理。

徽州写作是孤独的，赵焰在深入徽州的同时也必须承受徽州的千年忧伤，而这忧伤正逐渐成为赵焰本身的忧伤。当徽州也轰轰烈烈进军商业去重谋辉煌之时，赵焰选择守着逝去的徽州，在夜深时梦溯着苍白的乡愁，喃喃自语着“徽州从未消逝，它只是和逝去的时光在一起”。从绝对意义上说，徽州已经不是一个地理客观存在，而是赵焰构筑的精神故乡。

王晶晶

徽州从未消逝

作为一名安徽人，多年以来，对于徽州的直观也仅限于几案上的一方歙砚。直到近两年，随着我们开始涉足市场书，不断地接触省外同行朋友，他们对于粉墙黛瓦的徽州的迷恋，对于烟雨空濛的皖南徽州的向往，都激发起我把目光开始向内，去关注其实对大多数安徽人来说并不算了解的徽州。

相由心生，心灵的确是一个巨大的磁场，能吸引你愿意去渴望的一切事物。当我向内，当我努力寻找徽州与图书的契合，赵焰及他的新书走入了我的视野。与赵焰先生的相识是在朋友的饭局上，他具有典型的徽州人内秀的特质，话很少，而我一贯也有不刻意的自然风格，加之赵老师的名气以及众多出版社的青睐，也让我顾忌在想法不成熟下主动的不合时宜。所以直到第三次在饭局上，与赵老师坐在一起，他说起最近已将《老徽州》写好，该书是他在十几年搜集的老徽州老照片基础上写作而成，让我顿时眼前一亮。很自然，也很顺利，从《老徽州》到组织赵焰“第三只眼看徽州”系列，从到赵老师办公室取书稿到排版、到出版，我和赵老师都是三言两语解决问题，整个出版过程像我现在开车的感觉，非常流畅。流畅的幸福感建立在赵老师的大家风范上，无论是书稿的处理，还是合同的签订，赵老师的超然物外、不计得失让我时时感觉幸运。这也使我随时给编辑灌输编辑职业价值的言说增加了又一生动案例。做编辑的乐趣与价值，正是这些大家风范的作者让我们在做好书的满足之余，多了做人与做事的体悟。

赵焰是勤奋的，他在繁琐的报业管理工作之余，坚持写作。赵焰“第三只眼看徽州”系列是他在近几年内从不同的角度对徽州文化的全面解读。是对别人喝咖啡、打牌等等零碎时间的合理利用。正如他所言:写作已是他的生活方式。写作也构成了他的生命尺度,延长了他的生命长度。赵焰的文字是空灵飘逸的,这个特质决定了他的文字的美。而难得的是:空灵下的哲思,飘逸下的厚重。在康德的二分中,美与崇高是对立的,两者也是难以调和的。而我一直也持非此即彼的思维:文学中有的是美,她像婀娜的女子,可以欣赏,如庭前观花;哲学有的是崇高,他像智慧的老者,用他那善良的眼神关爱着你,有如登山,让你渐渐站高,风景无限。可是赵焰"第三只眼看徽州"系列 5 本书打破了我的偏见。以灵动清新的散文笔触,穿过时空的隧道,通过一物件、一幅图、一个人……打开通向遥远徽州的记忆。厚重的历史感、对徽州文化的哲思就穿插在美丽而略显忧伤的文字中。文字是他排遣乡愁的方式。

"欲识金银气,多从黄白游。一生痴绝处,无梦到徽州"。徽州,是一个让人魂牵梦萦的地方;徽州,也是地灵人杰的沃土。这里,文化名人灿若星河;这里,徽商贾而好儒,成就一代辉煌。徽州文化虽然是地域文化,但它代表着中华文化在南宋以后的发展,在一定历史时期具有主流文化的特征。徽州文化,延绵古今,影响播散于海内外。对徽州的记忆与怀念,已不是徽州人的个体行为。对徽州文化的挖掘与传承,也已是海内外学者的共识。徽州文化作为传统文化的典型性代表,它的辉煌与衰落,本身有很多可以沉思的东西。赵焰的学者本色也体现在徽州系列书中对人、对事时而忧伤的观感中。比如他对徽州人性格狭隘、自私一面的解剖,对宗法社会造成扼杀人性的道白,对中国传统文化缺陷的自省……无不透露出一个学者的努力。正如赵焰在书中所写:"在很多时候,我感觉自己就像一个懵懵懂懂的孩子,蹒跚在徽州的山水和历史之中，我的眼神闪烁着单纯，也闪烁着智慧，其实单纯和智慧是连在一起的。我看到了青山绿水，看到了坍墙碎瓦，也看到了荒草冷月，更看到了无形的足迹以及徽州的心路历程。”

对赵焰而言，徽州从未消逝，它只是和流逝的时光在一起。

朱丽琴

穿越历史的审视

关于徽州,这些年来人们说的很多。作为一个地域概念,徽州属于过去;但作为一个文化概念,它却仍然活跃于今天。无论是历史学界对其以往辉煌的回溯,还是旅游人士对其现今人文景观的津津乐道,都不约而同地指向一个事实:这是一片曾经创造神奇,并且至今仍然充满神奇的土地。出于对这种神奇的迷恋和向往,我们见到了关于它数不胜数的文字,这其中既有出自学者的谨严的考证,也有出自作家的浪漫的抒情。总之,关于徽州的历史的诸多事实以及更多关于它的想象正越来越多地呈现在我们面前。也许,在持续燥热了如此之长的时间之后,现在是到了冷静下来认真梳理这种种细节考证和丰富想象的时候了,我们需要一种对徽州的历史、徽州的文化进行综合的思考认识。换句话说,任何一种文明,除了在物质层面、制度层面对整个人类文明有所贡献之外,更重要的还在于能够形成一种独特的思想成果来丰富人类的精神思想宝库,也就是人们所常说的精神文化,如果我们肯定徽州文化是属于这样的文明,那么当然也具有这样的层面,研究者也需要完成这样的认识,这同时也应当成为我们后人的责任。正是在这个意义上,我认为,赵焰的《思想徽州》一书在这个方面做了一个非常有意义的尝试,提供了诸多值得肯定的思考。

一

《思想徽州》是赵焰的一部关于徽州的散文体著作,它既可以被看作是一部文化散文，也可以被看作一部思想随笔。说它是散文，是因为整部著作比较重视文学性，无论是谋篇布局，还是遣词造句都具有散文的意境和特色；说它是思想随笔，是因为该书并非一般的文学的描述和抒情，而是追求一种对徽州历史的深刻认识与反思、期望达到对徽州历史文化的深层次把握、从而形成当代文化与传统文化之间的有意义的对话。

全书共 12 个章节，分别以徽州具有代表性的文化史实入手，以清晰的思路和清丽的语言，叙述村落的兴衰演变、探究先贤的内心隐秘、提炼书院的精神遗存、触摸宗族的遗传命脉、品味徽商的酸甜苦辣……与众多关于徽州的历史文字不同的是，作者没有停留于一般性的徽州历史文化资料的罗列和铺叙、或者再加上一点表面的钦羡和赞叹，而是始终保持一种“以我为主”的对话姿态，从具体、琐细的历史现象中爬梳勾勒有关徽州文化的精神内核，在“思想徽州”的主题下，钩隐抉微、引实导虚，呈现关于徽州历史与文化的诸多富有原创的真知灼见，用作者自己的话来说，就是“我一直想用一种较为独特的方式来写徽州，以一种独特的视角来对徽州进行观照。这样的方式不是泛泛的介绍，也不是自以为是的臆断，而是源于一种发现，一种贴近的理解”。给读者印象深刻的是，作者的这些发现和理解，最终都指向对徽州地域和文化的主体——徽州人，指向对徽州人的思想、性格、行为方式和特征的探讨。作者既重视独特的地域文化对上述方面形成的作用和影响，又充分注意这些人的因素与地域文化形成和发展之间的互动，更能站在当代文化的角度对其进行冷静地反思，从而实现一次依托历史、面向未来、立足事实、把脉精神的思想旅行，为读者奉献诸多关于徽州的既厚实、又深刻，既清新、又冷峻的认识和启迪，在近年关于徽州文化的众多著述中，该书无疑具有其难得的特色和影响。

二

关于徽州人，近年见得多的描述大都是从积极的一面来着眼的，由物质文化和行为文化的成功浮泛地倒推出诸如勤奋、刻苦、精明等并无多少真正自身特色的精神品格，表面上似乎在说明徽州人与别处人的不同，而其实恰恰还是在说着相同。要说出真正的徽州，必须要有一种切身的生命体验，一种深刻的心灵感应。赵焰从小生活在徽州，阴森昏暗的老屋、硕大静寂的祠堂、圣洁清亮的书院、高大巍峨的牌坊都曾在他孩提的记忆里刻骨铭心，当他后来接触到那些徽州历史人物的业绩和思想时，首先就能够还原到自身的生命体验去进行一种细腻和贴近的理解，赵焰把这称之为“地方心灵”的研究。他认为“研究地方心灵，最好的方法不是去图书馆，也不是去博物馆，而是应该真真实实地在当地生活，去认识那地方的人，探究那种沉积在当地人心理结构中的文化传统”，也许他的某些结论带有一定的个人性和主观性，但这远比那些泛泛而谈的空论更能给读者以启发。

西递是徽州的文化古镇，关于它的由来和演变已经有太多的文字介绍，但是我们在赵焰的书中却读到了几乎是另一种对西递的叙述，这种叙述能够明显地让人把“西递”与“徽州”联系起来思考。

西递胡氏的一始祖胡昌翼本是唐昭宗李晔之子，为避朱温之害，由徽州婺源人胡三藏匿徽州乡间，本来这可能会是一个对未来有某种预示的故事，但是其长大后一切都很平静，没有发生任何复仇雪恨之类的事情，而是继续以胡三的“胡”姓在乡间与平淡的命运握手言欢，直到他的五世孙迁居西递并繁衍出一个偌大的胡姓家族。他们仍然自视帝王子孙，祠堂里始终供奉着李世民的画像，这是一种源于血脉的精神认同，尽管这并不影响到他们现实的平常生活。正是因为有着这样的酸甜历史，后来的西递人对生活才会有那样特别的算计和过分的心思，才会有一种既可称为智慧也可称为世故的精明和谨慎。赵焰在面对那些常常为人所称道的西递民宅的对联时，在娟秀和工整的文字背后体悟到当地人心性的内敛和压抑，那种防人如盗的心态倒似乎折射出他们家族背景的不同寻常。像“忍片刻风平浪静，退一步海阔天空”，“事临头三思为妙，怒上心头忍最高”，“知事少时烦恼少，识人多出是非多”，等等。警惕和隐忍似乎是这里人们生活的基调，而这一切与徽州独特的山水是否有着某种内在的联系？徽州的灵山秀水自古是追求宁静生活人们隐匿逍遥的乐土，而从来不孕育金戈铁马杀伐之气，徽州人这种对人情世故的推崇体现了其文化传统中关注人伦日用的实用性，因而在总体上就难免在创造的激情和超越的情怀方面有所欠缺。将这种“地方心灵”衡之于徽州文化的其他方面，读者不难感到某种共鸣。

徽州人经商的成功曾经给徽州带来了巨大的物质财富，并且也为随后文化的发展创造了条件，但同时也为促成徽州人独特的“地方心灵”注入了特有的内涵。赵焰写道：“当徽州得益于徽商的发达，资金的回流精心构筑自己的‘桃花源’时，他们在思想上也陷入了一个误区，那就是，他们自以为在人生的圆觉度上达到了一定的高度，已经通达所有的人情世故了，所以就想着在一个山清水秀的地方达到与山水的共融”，这对于我们从总体上理解徽州人的精神特性以及由此创造的文化是一个很有意义的视角，既有肯定，也有反思，体现了赵焰不同一般的历史眼光。

“地方心灵”虽然体现于徽州人生活的方方面面，比如村落的设计、房屋的结构、居室的装饰，还有属于精神层面的宗族的伦常、人际的交往，这是以一种普遍性的形态存在于徽州的乡野人间，也许我们还更应该从一些特殊的个案中去认识和了解这种东西，这也是我们解读徽州时都免不了要面对的课题，我们的面前站立着朱熹、戴震、胡适、陶行知、黄宾虹这些文化大师，只有真正认识他们，才算真正认识徽州；同样，只有真正认识了徽州，才能真正认识他们。在“思想徽州”的舞台上，他们是不可或缺的主角。在《思想徽州》一书中，赵焰以极大的热情和充分的睿智与大师们进行对话，语涉人生智慧、义及徽州人文，同时关乎诸多中国文化普遍性问题，由于这些人物都具有全国性的影响，因此，许多话题自然也提供了思想徽州和整个中国文化之间的链接。

朱熹是徽州人的骄傲，以他为开创者的程朱理学，开始了中国人自己的系统哲学。因为并非专门的哲学著作，赵焰与朱熹的对话，也明显带有散文的随想性质，其中有几个方面值得提及。一是他的“理气”论已经达到宇宙论和形而上学的层面，他对天地自然的某种规律性的认识，在当时农业社会的条件下、普遍存在着固步自封的狭隘意识的情况下是难能可贵的。二是朱熹的思想同时存在着清晰和迷茫两个方面。“清晰，是对于世界万事万物有着合乎规律的认识，有着异常准确的‘智的直觉’；而迷茫，则是那种深入之后的无助。他对于世界的理解和感悟，同样存在着一个从小清晰到大清晰，最后又重归于迷茫的过程”，“在这样的情形下，面对越来越迷茫的形而上，朱熹的思维无法向前了，他只能将自己的学说拐了一个弯，将思想的锋头转向社会本身”，于是，将君臣父子之理上升到天理流行的高度。无论其初衷有多少探究天地人的关系的考虑，但这毕竟为后来的统治者所利用，变形为严酷的封建道德约束，而徽州首先十分突出地成为遵行这种理学的模范之乡。其实，朱熹身上的探索精神和寻求突破拓展的努力也许更值得徽州人尊重，只是历史的发展总是免不了一些让人叹息的错位。

而关于胡适，自然更是研究思想徽州所不可缺少的话题。也许是因为年代离得更近的缘故，胡适与徽州的关系其实更使人感到兴趣。这里重要的问题，并不在于任何去列数胡适在文化学术上的成就，然后再给他贴上祖籍徽州的标签，而是透过他的心理和性格寻找到他血脉中的徽州元素，以此打通胡适与徽州的内在联系。赵焰思考的问题是，就胡适而言，这样一个现代新文化运动的旗手竟然是从徽州这样狭小闭塞的小山村里走出去的，这其中到底有什么力量和缘分？而这些力量和缘分又与徽州这片土地有着怎样的联系？在《思想徽州》中，作者在关于胡适及其家族与徽州桑梓的各种关系方面，可以说不比我们现在能看到的有关胡适的资料有更多的东西，但赵焰对此深入的思考却是以往所不曾见的。他写道："也许胡适性格中最本源的成分是来自徽州吧。是山清水秀的徽州，带给了他清明的本质，也带给了他健康而明朗的内心。在这样的内心中，一切都清清朗朗，干干净净。这样清明的内心决定了胡适有着非常好的'智的直觉'，也使得他能够有一种简单而干净的方式去观察最复杂的事物，对万事万物的认识有着最直接的路径"，虽然这样的推测多少带有文学和想象的色彩，但能以"清明"二字点出胡适性格的基本特征，显得非常恰当而精到，而指出这种特征与徽州山水环境的联系，也体现了赵焰自己"能够有一种简单而干净的方式去观察最复杂的事务"。当然，赵焰的看法不一定就是最终的结论，但起码对我们是有启发的。他还写道："徽州人尽管从普遍的意义上缺少"敢为天下先"的性格，但在绝少的部分人身上，却暗藏着执拗而固执的个性，表面平和，内心坚定地走自己的路。"

以此去看待朱熹、戴震和陶行知，我们发现，在上述诸多方面，他们都十分相似。虽然徽州人生活的大环境仍然是统一的中国大文化，但他们毕竟还有一个相对独立和隔绝的具体地域，他们的行为方式与这个地域的历史、习俗、人文与地理环境有着切实的联系。如何从这种普遍性和特殊性的关联中去提炼徽州人的精神禀赋，这对我们理清徽州人创造的文化和历史进而把握徽州文化在整个中国文化中的地位与影响都具有积极的意义。

三

"一方水土养一方人"，徽州的山水显然也孕育了一方独特的人群。山多田少、地势缺乏开阔，使徽州人在很大程度上具有内向、固执、特立独行、能耐寂寞的性格，但同时却把他们为求生计、逼出故土、外出经商谋生。也恰恰好在徽州还有四向辐射的水系，玉成了徽州人往北、往南、往东南走出徽州的生路，同时还带给了徽州人另一种不同于山里人的开放与灵动的性格。山的敦厚与仁爱、水的灵动与飘逸在徽州的一些杰出的人物身上得到难得的钟纳与吸取，于是造就了徽州在文化思想、艺术创作、商业经营、技艺建造等方面不断有一流的人才和成果涌现。赵焰写道："徽州人在性格上表现得极其精细。与其他地方的人相比，徽州凡是需要在技艺和耐心上下工夫的东西总胜人一筹。徽州'三雕'闻名于世，不仅仅是技艺的过硬，同样，承载一个精细工艺的内心也是至关重要，那就是安静、不浮躁、心如止水。"到过徽州休宁万安的人，如果看到过享誉世界的万安罗盘的制作过程，对赵焰的话当深以为然。其实，除了这种物化形态的创造以外，还有一个方面也能充分说明这一点，那就是徽州人在古代科举考试中曾取得的成绩。仅休宁一县，在全国 1200 年间总共 800 个状元中，就独出了 19 个状元，而且这里还是一个人口从来没有超过 20 万的县。在徽州，还有所谓“连科三殿撰，十里四翰林”等佳话。虽然科举考试的优异并不代表思想的新颖和创造，但却也是一种能力的证明和体现。一个经商，一个科举，虽然相差甚远，但却都被徽州人表现得非常突出和成功，表面上看似区别明显，但内里却有着相通，那就是如何以一种耐力和坚韧，将一件事尽量做得精细和完美。赵焰对徽州人在古代科举方面的成就有自己冷静的思考，提出了十分深入而独到的见解，这在《思想徽州》中未及展开，而是在后来写作的《行走新安江》一书中表达的十分明确：“科举制度到了后期，由于考试内容越来越僵化，这种制度已严重限制了人们才能和创造力的发挥，变成了一种自娱自乐的知识游戏和自坠其中的迷魂阵，整个取士过程因为缺乏合理性，更像是某种程度上疯狂的杂耍、铺张的点缀、无聊的品咂、尖酸的互窥，甚至是病态的自残。从本质上来说，这样的文化现象丝毫不具备对于社会进步的推动，当一种制度和措施在方向上出现根本性错误时，这当中的力争上游，又具备什么意义呢?”从文化发展到今天的角度来说，赵焰的观点无疑是有道理的，但是对于当时历史环境中的人们来说，这虽然是没有意义的事情，却也是他们无奈和只能如此的选择。社会上许多东西的价值往往取决于当时人们对此的认可程度，其意义往往也就存在着相对性。在关系到人的生存和出路的问题上，古代的徽州人重视实际、整体上缺乏超越的品格，赵焰在《思想徽州》一书中其实已经意识到这一点，但在具体问题的论述上，却也难免体现出了书生意气，对“地方心灵”的脉搏并未搭准，但是赵焰的观点对于我们今天认识科举制度的弊端却是十分重要的，有些人一味推崇古代徽州的科举成就，沉湎于几多状元和翰林的数字，倒是需要认真读一读赵焰的这段分析。

在《思想徽州》中，赵焰提出了一个重要的见解，就是徽州文化传统中，缺乏真正的宗教精神，这就必然导致过于关注人伦日用，心理和心态方面也自然缺乏宽阔的眼光和超越的情怀，在较为狭小的"安乐窝"中作茧自缚，无法使巨大的财富转换成对社会发展的真正推动，而是转向奢靡的消费和精致的享受，在本应实现更大价值的关口戛然而止，这种典型的封建小农经济形态充分映示了中国封建社会与资本主义经济之间的差异，这是它的历史定位，也是它的宿命。这个认识，说明作者有着一种较高层次意义上的超越性眼光，这种审视，也使得那些对徽州文化一味的讴歌和推崇显得缺乏历史的深度和理性的冷峻。

四

《思想徽州》一书思想活跃，见解深邃，而且结构谨严、文字飘逸，可以看出作者不仅有较好的哲学、美学功底，而且善于文学表达，善于将史实、思想和文学表达相结合。与通常作者总是满足于罗列和铺叙家珍似的材料不同，他总是力求深入于历史文化的内部，寻找普通文化现象背后的思想内涵，其中不乏清醒的反思与批判。在徽州文化散文中，怀旧和缅古题材的作品很多，但往往都停留于一般的现象和材料，难见从中提升出有启迪的思想，这包括两个方面，一是不能把徽州文化现象提升到思想和理论的高度进行认识和总结，二是作者自己也没有思想上的见解和发现。散文理论家范培松曾说："学者散文家们视散文创作为文化精神的穿越，他们几乎都有文化怀旧的癖好，但文化怀旧不是他们的本意，文化怀旧的终极目标是文化精神的穿越。"另一位散文理论家王兆胜也说：

"在散文中,知识是一些材料,它必须被思想和智慧点燃,才会获得个性和生命"。文化精神的穿越,就是能站在当代精神意识的高度去与传统和历史对话,而不是消弭了作者的当代立场,完全被历史材料淹没。物质和有形的文明总是与特定的生活年代相联结,只有思想的成果才能光耀千秋成为人类不断吸取的永恒财富。虽然年代久远的文物也是宝贝,但那恰恰主要是为了满足人的精神需要。现在人们对徽州的关注,显然过多体现在"物"的方面,而对于徽州的思想和精神方面的遗产还做得相当不够,因此,徽州文化的爱好者和关注者在形成自己关于徽州文化的思想方面也同样显得贫乏和不足。赵焰在《思想徽州》一书中还就徽州的历史人物赛金花以及后世出现的所谓"赛金花现象"发表了评论,充分体现了他的这种追求思想穿越的特征。赛金花是徽州历史上一个扑朔迷离的人物,关于她的生平和事迹至今都是众说纷纭,她自己有着诸多靠不住的编排,后来的小说家、戏剧家也有不少附会,以致以讹传讹,遂使真实的赛金花成为一个谜了。赵焰除了考证出赛金花的祖籍确在徽州,但既非现在建了"赛金花故居"的黟县,也非曾繁的《赛金花外传》中所引她自己说的休宁,而是歙县的雄村,即清代父子宰相曹文植、曹振镛的老家,更重要的是指出赛金花在"庚子事件"所起的作用以及她和联军统帅瓦德西的关系,赵焰认为,现在流传的说法基本靠不住,她当时充其量不过是一个替低下级军官拉拉皮条的老鸨而已,不可能与瓦德西十分接近乃至对瓦德西的决策产生影响。其实,辨明赛金花的相关史实固然重要,但更重要的还在于从中引发的思考,这就是赵焰接下来所说的:"赛金花持续走热,似乎与她本身的经历和作为并没有太大关系,而是隐藏着太多转捩成分。历史往往与知识分子的情绪紧密相连。而中国的知识分子的集体无意识,往往又是一个持续千年的永恒梦呓。

赛金花现象就分明是中国千年文人名士的一个梦,带点自由,带点好色,带点幻想,也带点意淫”、“赛金花一如既往地红了下来。这样的结果,只能归结于中国文化这片土壤了。每逢一个时代遭受重创之时,在七尺男人们支撑不下半壁江山的时候,就会涌现出几个孱弱的女性,用她的勇敢来给柔靡萎顿的时代平添几分峻拔和阳刚”。这是历史上曾经发生的闹剧,而今天仍然有许多人出于名人效应还在对其卖力推崇,则分明是一种糊涂的历史意识的反映。黄山市花巨资在新安江延伸段修建的徽州名人照壁,那上面赛金花就赫然在立,与朱熹、胡适、戴东原等一同为人瞻仰,这真是让人喟叹不已。由此也可见,赵焰的这种对徽州历史的审视不仅具有思想认识上的必要性,同时也具有现实的针对性。

黄立华

繁华看遍，尽是忧伤

有部电影叫做《剑雨》，杨紫琼在里面演了一个女杀手，她的愿望是每天下班回家时给送快递的老公带点他喜欢吃的豆皮。她老公也是个杀手，本来两人只想隐姓埋名并且在整容之后过点小日子，但没办法，名气太大藏也藏不住，还是被迫卷入新一轮战斗之中。

这不由让人想起另外一部电影《卧虎藏龙》，李慕白，这位阅尽腥风血雨的大人物，一身白袍更像是一位得道高僧，他总是给青春无敌霸气外露一心想混出点样子的玉娇龙上课讲道理。以前不太懂，觉得这人整天唐僧一样唧唧歪歪阻挡人家职场小白领上位之路，可是再过一些年，简直涕泪交加想化身玉娇龙跟他说声：导师好！

李安和后期的吴宇森给我们勾勒了一个新的武侠世界，这个世界，有别于金庸古龙见面就打打杀杀，不然就喝酒吃肉称兄道弟；这个世界，更像是一种化繁为简后的升级版。尽管内里也常常是杀意四起恩怨未了，还有一种想退休却退不掉的无奈，可是看上去，却是一张带着隽永禅意的皖南水墨画，轻风拂去，竹海摇曳，但是，在这样平静的画面里，包裹的是动与静，进与退，阴与阳的暗自较量，是李慕白说的那几个字：人心就是江湖。

这个画面，也特别像赵焰先生小说《无常》里的第一个故事：《春之侠》。胡云和骆一奇是天下闻名的剑客，一个有徒弟一个有女儿，为了比拼剑法和争那个天下第一的名号，两人交起手来，而最终胡云发现对手另有其人，最终的决斗竟然发生在最熟悉的师徒二人身上。输了的徒弟临死才明白剑法的真谛，而赢了的师父也并没体验到天下第一的快乐，他选择了死亡——“当一个苦苦争斗的人陡然之间发现自己丧失了一切对手，他的苦思冥想，刻意追求，苦心经营都是一种徒劳时，他会感到心中一根寂寞的柱子彻底的崩塌。”至于女主角春子，这个女孩，对胡云徒弟林原来说，是带给他生命热度的恋人，也是让他毁灭的原因。和《剑雨》一样，俗世的温暖和美丽事物的本身，在冷气嗖嗖的刀光之下，一剑封喉，都成了那个让对手瞬间致命的巨大漏洞。

明黄做底，繁体字书。《无常》看上去太不像一般的小说封面了，有点像一本经书的模样。事实也确实如此。不到一定年龄，读不懂《无常》，从第一遍时候的懵懵懂懂，到第二遍时的相见恨晚，那个差一点点就能跟这部小说产生共鸣的时间，是两年。不同的人，人生阅历不同，知识层次不同，审美感受不同，却都能从同一部作品里，找到自己各种解读，粗浅也好，高深也好，都可自圆其说，那么这作品，必兼备它自身的通俗和蕴含的哲理，是可经时间流传和世人审阅的硬通货——赵焰先生的《无常》，就是这样的作品。

《春之侠》只是赵焰先生《无常》里的第一部分。《无常》总共写了四个故事，分别是《春之侠》、《夏之缘》、《秋之禅》、《冬之真》。就单独文本的结构而言，这四个故事各自成章，时间跨度很大，两个古代，两个现代，而且两个现代故事中，一个发生在二十世纪三四十年代，一个发生在改革开放初期，看起来完全不相干。不过每个故事中，都会出现一个年轻美丽的女性，名字分别是春子、夏子、秋子、冬子。以“春夏秋冬”四季命名，带有强烈的时间感，仿佛冥冥中，她们只是一个人的前世今生。正如作者序言里所述：“似乎又有某种不确定的轮回相联系，组合在一起，模糊了时空的概念。”

《春之侠》中的春子清纯美好，是天下第一剑客骆一奇的女儿，我把她理解成美的化身，不过在剑道里，美是牵绊，是软肋。《夏之缘》里，性感大胆的夏子，更像我们必须要面对的残酷现实，一不留神就被这东西扭曲和击败；《秋之禅》里的秋子空灵婉约，在我看来就是理想的禅定，肉身承载的富贵荣华和七情六欲，秋子统统经历过，最终破茧，完成了自我救赎。《冬之真》里的冬子功利直接，几乎就是现代商品经济里很多女孩的原型，在与命运的卑微对峙中，她纠结过，挣扎过，但最终被撕裂。同为女性，我最爱秋子和冬子。前者天生有悟性，后者令人心疼。甚至想若这小说拍成电影，那么汤唯和周迅，最合适不过。这四个女性的命运，似乎是联系四个故事的线索之一，因为小说情节曲折，还有很多其他的主要人物。用作者在后记里一段话解释："算是这个世界中各种各样的人在找寻自己的路吧，一些人的苦闷，一些人的寻找，一些人的超越。小说中很多人物，都算是对人生有一定的领悟力，但在很多时候，欲望和尘世攫住了他们。"

贪嗔痴恋，源于放不下的那些欲望。作者在全书中，很少或者说从没有明显的提到过这个词，但却是处处存在的。比如，谁都知道做剑客这一行的最好不要谈恋爱，可是林原没控制住；再比如，乱世之中画家王明的妻子夏子，因为生活所迫，到底没有能够抗拒洋土豪的诱惑；还有秋子身边的金陵王，美色傍身骄奢无度直到晚年方才醒悟；至于最后一个故事里的冬子，她从头到尾都必须要抓住可以让她生存下去的东西，比如男人或者钱。

"人在江湖身不由己"这八个字，我们耳朵都快听出茧子来了。没错，只有"得不到"这三个字，才令人身不由己，才令人一而再再而三的去追求和占有。欲望和江湖两个字，从古到今，都是一对孪生姐妹。这让我想起《桃花源记》，陶渊明所描绘的"黄发垂髫怡然自乐"的世外仙境，看似远离江湖，其实也有一些入世不能的纠结无奈；姜子牙的垂钓，看似是隐士的与世无争，其实是千里马作对伯乐的一种等待，他必须待价而沽不能随便就挑一个位置，所以他沉得住气；还有《左传》里当年猎猎战旗下的乱世英雄——诸侯割据时的杀戮征讨，版图扩张中的狼子野心，外交辞令下的谍影重重，尽管在时间的长河里，最终都变成了今天所看到的寥寥几笔文言文，但无可否认，他们改写了历史，欲望无形中成了最大的驱动力。至于今天的人们，每一天工作，每一个饭局，每一次与喜怒哀乐发生关系的人生变更，都是欲望使然。普通的中国人，如今最常见的状态是：晚上用手机读上几遍心灵鸡汤，第二天天一亮，还是千方百计，奔赴在通往欲望的路上——无论是它物化成金钱，权力，名气，美色，情欲，哪怕是一顿美食，不管它以什么形式出现，都令人欲罢不能，因为这种得不到的念头太刺激了，看看满机场和满大街畅销书里的成功学就知道，它是一种瘾，但这种瘾会消耗我们的能量和元气，让我们像玉娇龙一样，迷失在其中而不能理性克制的看清事物的本质和真相。甚至，某种程度上，我认为这就是一个可以和毁灭相互关联的词，它有可能导致人们命运里的每一次无常。有一部电影《七宗罪》，大概就是这个意思，尽管听起来严重了点。

佛教常常告诉众生要放下，可真要能做到放下，像电脑格式化一样清盘，现在也不会有那么多抑郁症患者了。这是人的本性决定的，只不过，就好像爬山，有人速度比较快，早早地就登顶了，在这个过程中已经开始寻找出路，去思考人和社会，和自然，和生死之间的关系，从而不以物喜，达到内心的平衡；而大部分人，还累得半死停留在半山腰，可能这一辈子都浑然不知的这样过活。《无常》里的几个人物，不就是芸芸众生的缩影么？高处不胜寒的胡云最后像李慕白一样顿悟了，选择离开；秋子在经历了内心的挣扎之后，也成了大师；夏子却是始终没明白她的问题出在哪里，最终被动的纵身一跳，成了报纸社会新闻的边角料。

“我知道世上之事，一是像花，二是像火。花开花落入土，正是人生无常之象征，而人的灵魂则像火，火燃烧起来虽然旺盛，但如果是火，总有熄灭的那一天”。《秋之禅》里痛失爱妻的李彤这样说。也许，这也正是作者想表达的：繁华看遍，尽是忧伤。《红楼梦》里最清醒的人之一元春，不也用了烈火烹油的意思来形容大观园的盛宴——月满则亏，水盈则溢，那些执着于在沸腾温度里得到快乐的人们，是因为从没有体验过冷却之后的痛苦。我曾经问作者赵焰先生创作这部小说的本意，他说：“小说的落脚点在人，在人性本身，是对精神世界，对人生的一种探索。”我想，这正是《无常》这部小说最大的现实意义。

那么，这种探索找到答案了么？也许已经找到，也许还没找到，就像赵焰先生所说：“人不可能很通透，因为真理不可能是绝对，只是相对的；人的认知也是，不可能把握绝对真理。所以，清醒的状态，只是一种清醒的困惑。”对个体来说，最大的事莫过是生死，可是放在宇宙的洪荒里，不过是沧海一粟，连一点浪花都翻不起来。这样看来，人的生命是如此短暂与渺小，但同时，也可以达到精神的无穷大。所以，这种探寻答案的过程，就好像游戏打通关的道理，最终要依赖个人的积累、悟性以及造化，才能决定最后能够晋级到哪一关。作者也在书里提出了他所理解的最高级的那一关：“智慧和缘分最终促成了一个人的圆觉觉满，委身于事件与生命之流中，随流而下，充满慈悲和同情，与万物和谐如一，是一个人，或者说是所有生命的最好结局。”值得一提的是，小说中的人物到处带有佛和道的影子。比如，赵焰先生认为：“佛教在中国更多变身为‘生活禅’，变成一种热爱生活创造人生的方式。唐诗、宋词、元曲、书法、绘画、音乐、舞蹈等等，洋溢着一种高蹈的精神追求，感悟与生命同在，境界与天地相齐，一种深远的'禅意'油然而生……"多年的积累与长久的思考，让他对中国传统文化的精髓进行总结、消化、打散、输出，在小说中得以深入浅出地释放和集大成地展现。举例说明：寺庙、山水、音乐和诗词，在小说女主角之一秋子精神世界摧枯拉朽的重建中，都发挥了重要作用。不仅如此，还让人看到作者在传统诗词方面的造诣，《秋之禅》中处处可见"菊花开放本非意，究其本意已是玄"、"野苇风中摆，花向佛前开"这样的诗句，既推动故事发展，也暗喻人物心境，又极具欣赏美感。

赵焰先生著有《晚清三部曲》、《第三只眼看徽州》系列、《在淮河边上看中国历史》、《野狐禅》等著作20余本。这部小说《无常》，读起来就如同剥笋，一层比一层过瘾，完了再搭配几片火腿，还能再煲出一锅鲜得掉眉毛的高汤。这也是迄今为止国内第一部以黄山为背景的小说，作者不吝笔墨，多角度描摹黄山美景，同时为黄山安排更多身份——它是江湖第一剑客闭关修行的隐居地，是失意画家心理皈依的转型地；是如花美眷精神操练的休养地；是市井众生灯红酒绿的寻常地。我隐约觉得，黄山在作者的笔下，是一种有意无意的隐喻，是一种安全感的所在，但是至于这样的理解对不对，还要请教赵焰先生才行。

葛怡然

斜晖脉脉，遗韵悠悠

这村子倒是家家墙外有石砌水沟，流水清澈，有人在沟边洗菜。讲解员说村中皆姓汪。村南有一圆门，外姓人只能住在圆门外，村外有南湖，湖上有南湖书院，旧制，凡汪姓子弟可免费在书院中读书六年。宏村和西递，都是研究中国村镇史的极好材料。

——汪曾祺《皖南一到》

信步流连，耳闻目见，不待浏览徽州木版古籍和新安画派的精品，不待观赏悠扬有致的徽剧，不待摩挲坚润细密、古朴雅洁的歙砚，即在寻常的一溪一壑、一庐一舍、一草一木之间，也都可以感受到这座历史上就已号称"东南邹鲁"的古城，保存着的文化艺术传统如此深厚绵密，使人如梦如醉。

——袁鹰《徽州如梦如醉》

偏僻的万山夹缝里，隐匿了这么一个极大的村落，西递。全村有明清两朝的古代民宅三百多幢，发布在村上的一百多条街巷中。传统的街巷布局，条石铺砌的巷路，路面整齐、干净，条石下边是纵横相连的通畅下水道。高高的层楼，高高的风火墙，夹住一条条狭窄有神的曲巷。影壁、石鼓，石库门，小天井，曲廊，敞厅。门楼上的砖雕、石雕，廊一柱木版填旗的楹联、楷体的匾额。

——艾煊《桃花源里外》

除了粉墙黛瓦外，高低错落的五叠式马头墙也以其抑扬顿挫的起伏变化，体现了皖南民居独特的韵律感，加之脊饰吻兽、鳌鱼，更使得山村民居构成为一幅幅动人心弦的画面。

——王振忠《老房子》

以上我们读到的段落，是引自国内的作家和文化学者描述徽州的散文中的文字。从这些文字中，我们可以看出，作者们对徽州的山水都充满了向往和留恋。山峦、村落、建筑、文房四宝、古籍书画，更不用说还有小桥流水、松壑鸣泉，置身其间，仿佛真如王振忠所说，让人产生时光倒流、历史回转之感。

这里就是徽州。明清之际，这里走出的徽商曾经创造过无远弗届、称雄海内的奇迹。因为经商积累了大量的财富，徽州人遂精心地营构着他们的家园、营构着他们的物质生活和精神生活的环境。因此，才有后来人们熟知的徽州村落、徽州民居、徽州雕刻、徽州园林、徽州教育以及徽派建筑、徽派朴学、徽派戏曲、徽派菜肴、新安绘画、新安医学等在中国文化史上占有重要地位的文化成就。今天，这里拥有着黄山和皖南古民居两处世界自然与文化保护遗产，海内外众多游客纷至沓来，其知名度不断提升，这个在近代以来经济发展渐渐衰落以致在相当长的时间里在国内几无影响的区域似乎一下子又呈现了新的热闹。伴随着黄山和徽州旅游的升温，徽州历史文化（亦称徽学）的研究也越来越受到学术界的重视，加上政府的推动和民间的配合，这里到处充满了浓厚的文化氛围，探古、寻古、访古、仿古、说古、恋古、念古、赞古成为时尚。在这样的大背景下，以散文为代表的文学创作自然也不甘成为缺席者。无论是描绘山水的风景散文，还是追怀历史的抒情、议论散文，都如雨后春笋般地涌现。在创作队伍中，一批国内的散文名家，像袁鹰、艾煊、汪曾祺等，以他们厚实而清新的创作对整个徽州文化散文起到了难得的带动作用，新一代的文化学者，像王振忠、赵焰等，更是为读者奉献了精心营构的珍品。

正是他们的创作，为我们展示了新安大好山水和深厚悠久的徽州文化，自然其中还有属于作者的深情眷恋和冷峻反思，在中国当代的地域文学中，徽州文化散文以其独特的地域优势和文化背景成为不容忽视的一脉，值得我们认真品读和研究。

一

在这些散文中，上述名家的这些作品，也许在他们的散文中未必是最好的代表作，但它们对整个徽州散文的意义却是不容忽视。首先他们的身份上的名人效应使他们的文章对徽州文化的宣传起到特别的作用，正是这些发表在20世纪八九十年代的散文，成为国内较早对外宣传徽州和徽州文化的作品，为其知名度的扩大功不可没。其次，正是有他们这些文章的发表，对其他的文学爱好者特别是本地的作者起笔描绘和展示家乡的文化风情起到了示范的作用。第三，这些作品本身，也体现了深厚的文学功力和艺术内涵。至于王振忠和赵焰，徽州文化散文的写作更成为他们整个文学生涯的重要组成部分，在徽州文化研究领域和徽州文化爱好者中都有很大的影响。

袁鹰在1984年深秋来到徽州，留下了一篇《徽州如梦如醉》的散文，这是迄今所见较早以徽州文化为题的当代散文。此前来徽州的当代著名作家也不少，但留下文字的大都是描绘黄山风光的作品，像叶圣陶、丰子恺、徐迟、秦兆阳等等。1984年前后，正是徽州文化在国内开始受到人们关注的时候，许多人文历史的发掘和景观的修复刚刚开始，袁鹰的散文无疑是一个积极的共鸣和有力的推动。

文章首先渲染了古代徽州文化多姿多彩、深厚绵密的氛围，由动人的神韵引发醉人的感受，在“寻常的一溪一壑，一庐一舍、一草一木之间”体验传统文化的存在与魅力，可以说以不凡的气势给读者造成强烈的印象。接下来作者主要围绕在歙县的游历见闻具体深入地捕捉和描绘这种神韵。作为古徽州的府治所在，歙县凝聚和保存了古代徽州文化的精华。在如梦的古城里如画的练江边，作者面对碎月滩，追怀诗仙李白的徽州踪迹；身临太白楼，感受千百年来的悠远文风；品鉴古碑园，醉享历代书法翰墨，无一处不让作者神往、无一处不让作者欣喜。在对徽州园林、建筑设计的精巧惊讶和赞佩之余，作者联想到徽州的山水孕育的“灵气”：“那黄山的烟云峰壑，奇松怪石，那新安江、横江、练江的碧水浅滩，那徽州城镇中古色古香的石板小巷，那一片白墙青檐的民房，何处不钟聚、蕴郁着灵气呢?”正是因为有着这样的灵气，才出现这许多文化精髓、艺术珍品、不朽杰作。

袁鹰先生的文章虽然不长，但却情绪饱满，对徽州古代文化成就的赞叹溢于言表，皖南山水人情之美，竟使作者情思缭绕、不能入睡，全文最后在“摇梦下新安”的小诗中结束。

如果说袁鹰先生的散文可以用充满强烈的情感来概括，那另一位散文大家汪曾祺的《皖南一到》则完全体现了他“精致地品味”的文章风格。汪曾祺来徽州的时间是1989年11月，文章发表在第二年《花城》杂志的第二期。作者先后到了屯溪、歙县和黟县，因此文章中分别有这三地作为小标题。在屯溪，作者主要写了老大桥和老街两个地方。写老街时，作者特别关注一些旁人很少注意的细节。比如：“有一家酱园，酱油、醋都放在敞开的缸里，有一家相当大的药店，放药的抽屉的位置很高，看样子是一家老药店了，药香直飘到街上。”“酱园”、“药店”都是汪曾祺写家乡的作品中经常出现的地方，在琳琅满目的屯溪老街上，作者对此特别在意，同时也注意到它们与高邮似乎有所不同的地方，那就是“酱油、醋都放在敞开的缸里”和“放药的抽屉的位置很高”，可见作者擅于发现各地日常生活之中的细微不同、津津有味于民间日常生活的特点和差别，这与他钟情于日常民间生活的整体创作特征是一致的。

而到了歙县，作者的心情则更为丰富，除了对谯楼、许国石坊的描绘依然细致、具体以外，作者还道出了一个秘密，那就是“歙县是我的老家所在”，从祖父往上数的第七代，汪家迁往高邮。作者熟谙越国公汪华的掌故，从小也见过印有汪华头像的家谱。此时，站在曾为家乡的土地上，他不禁“竟有一种说不出来的感情”。但汪曾祺毕竟不擅长抒情，就像他的许多小说一样，他总是以一种淡远、娴静的文字为文章作结：“慎终追远，是中国人抹不掉的一种心态，而且，也无可厚非”，虽然远远谈不上煽情，但汪曾祺能这样说，说不定那老泪已在他眼眶里滚动了。

黟县西递的民居自然引起汪曾祺的兴趣，他对建筑的年代、特色尤其在意，行文虽似朴实，但内蕴着实丰富。他对那座所谓抛绣球的彩楼的质疑，体现了一个民俗通晓者的学识和阅历，可惜一直并未引起当地人的重视，这也许是近年来各地文化旅游中的一个通病。笔者 20 世纪 80 年代在当地宣传部门工作，现在依稀还记得那时西递旅游刚刚起步，曾陪上级领导到过西递，当地人士就曾介绍过抛绣球的彩楼。不过那些领导并不像汪曾祺这样认真，你说是什么，他们就点点头而已。

虽然对一些细节，汪曾祺有自己的想法，但整个西递、宏村的村落和建筑还是让他留下了深刻的印象，尤其是宏村人大都姓汪，这也让他亲近，“我也姓汪，于是(替房主人)写了四个大字‘宗越传国’”，可见他在歙县开始的认宗心情此时依然不错。该部分最后一段夹叙夹议的整体描述和评价从汪曾祺嘴里说出，自然体现了相当的分量："这村子倒是家家墙外有石砌水沟，流水清澈，有人在沟边洗菜。讲解员说村中皆姓汪。村南有一圆门，外姓人只能住在圆门外，村外有南湖，湖上有南湖书院，旧制，凡汪姓子弟可免费在书院中读书六年。宏村和西递，都是研究中国村镇史的极好材料。"

作家艾煊为徽州创作的散文篇数较多，其中《奇幻的黄山》和《明洁柔曲太平湖》分别描绘黄山的雄奇和太平湖的秀丽，属于优美的写景散文，而《桃花源里外》主要针对徽州的人文景观——黟县古村落。对于这些独特的村落和建筑作者并不吝惜他欣赏的笔墨，而且文字还显出清新和精美，像本文开头引用的段落，但艾煊这篇散文更值得我们关注的是他没有仅仅停留于这种描绘，而是对所见所闻的深入思考，并且从当代文化的角度进行理性观照，从而发出给人启迪的见解，正是这一点，真正体现了文化散文应当具有思想性和个体性的特点。

在西递，作者见到了廊柱和厅堂上的诸多楹联，在别人笔下，对此大加赞赏的居多，诸如人生智慧了、修身养性了、伦德教化了，但艾煊一针见血地指出这些楹联："内容并非桃花源里豁达的人生哲学，多是传统的世俗和庸俗的人生体验。"为此，作者对这所谓的"桃花源里人家"也提出疑问，"这里显然不是陶渊明的桃花源，也许是朝廷官员和富商巨贾。倾轧过累之后，临时暂憩的桃花源。""陶渊明的桃花源"和"官员商贾的桃花源"是有内在区别的，这些楹联就能体现这一点。作者写道："众多的楹联都把读书描绘为一件雅事，没有一副楹联肯把读书的最终目的表达出来。这一个村子里，大到尚书，小到县令若干，他们用行动说明了读书之乐在中举，在为官。"不知道后来的另一位徽州文化散文作家赵焰在面对这些楹联时，是否得到过艾煊此文的启示，赵焰在《思想徽州》一书中，也对这些楹联发表了自己的看法。他认为，从表面来看，这些对联似乎显示了宽厚平和、清静忍让的社会态度，但进一步推断的是，显然有着对于人与人之间关系过度的思考。人们常常为表面的精妙而倾心，但却忽略了其内里含有极强的犬儒成分，精通世故，防人如盗，这不是一种真正的道德教化，只是一种狭隘的方法论教育，是一种极坚固的庸俗社会学。赵焰的分析指明了西递村无论以前曾怎样繁荣，今后还会怎样闻名，它终究代表了一种人性在缺乏阳光的空间里挣扎的文明。究其实质，是“缺少出世的情怀，缺少济世的理想。一个人，一个村落，甚至一个国家，如果没有理想，没有情怀，即使再会算计，再会修身养性，智慧的庸常终有一天会变成真正的平庸”。这是一种真正的与传统文化的对话，是一种如散文理论家范培松曾说过的：“学者散文家们视散文创作为文化精神的穿越，他们几乎都有文化怀旧的癖好，但文化怀旧不是他们的本意，文化怀旧的终极目标是文化精神的穿越。”可惜的是，近年来大量面对徽州文化的散文，除了怀旧，都缺少“精神的穿越”。这种现象，恰如艾煊在该文中接下来写的“近数十年来，在面对传统文化时，人们常处于恍恍惚惚、疯疯癫癫的精神状态。”由此，作者提出了一个更加深刻的问题：“难道现代人的智慧枯竭了么？或者本来就缺少传统文化的智慧？”是啊，一味怀旧，一味数列家珍，那是迟早会走入绝境的，我们需要做的，应该是从传统文化的智慧中吸取创造的营养并继承和光大这种智慧，作者实际上是从另一个角度揭示了徽州传统文化在今天的真正价值，正所谓脉脉斜晖之中自有悠悠遗韵存焉。

二

说到当代名家的徽州散文，有两位在大洋彼岸的作者文章不能不郑重提及。这两位都是现当代文化史上的重量级人物，一位是胡适，一位是苏雪林。胡适在他那篇由其用英文口述、唐德刚译注的"自传"中，第一章首先谈及自己的故乡和家庭，第一个小标题就是"徽州人"，其中关于徽州历史风情的内容相当丰富，诸多选本将其独立成篇，作为文化散文供读者欣赏。

文章开篇第一句话便是："我是安徽徽州人"，桑梓之情可谓跃然纸上。接下来，作者介绍了徽州的地理位置和特征，并由此引出徽州人以经商为业的传统。研究界现在很重视的"无徽不成镇"的说法，胡适较早就作出很浅显但又很到位的解释："无徽不成镇，那就是说，一个地方如果没有徽州人，那这个地方就只是个村落，徽州人进来了，他们就开始成立店铺，然后逐渐扩张，就把这个小村落变成个小市镇了。"由此可见，历史上徽州人经商的普遍和影响。文章中，胡适还引用了另一句徽州当地流行语并作了诠释，那就是"一世夫妻三年半"，这是指外出经商的徽州人，每三年才有三个月的假期，因此婚后在一起的时间，一辈子加起来不过三到四十个月，当然，发了大财，接走家眷不在其中。胡适认为，经商的传统对徽州文化的发展具有重要意义，进入城市，能得教育和文化的时代风气，眼界也更开阔，徽州能产生朱熹、江永、戴震等学术大家，都与此有关系。

胡适是徽州绩溪人，他自然忘不了在文章中介绍绩溪，同时也对自己家世作了细致交代，这些后来都成了胡适传记研究的重要材料，特别是文中还对当年蔡元培先生为他《中国哲学史大纲》作序时的错误作了更正，蔡元培曾把他误作世居绩溪城内胡氏的同宗，其实胡适与他们并非同宗。绩溪姓胡的很多，但并不出自同一祖先。胡适老家上庄的胡，其实是“李改胡”，不过这一点，胡适在文章里倒并没有说。

综观胡适的文章，可以看出他故乡的情结一直浓郁，字里行间也些微透出自豪。他对徽州的历史风情有充分的了解，对徽州的文化发展也充满关注。鉴于他特殊的历史和文化地位，他的自传显然在海内外为提升徽州的知名度会产生重要的作用，胡适的这种浓厚桑梓之情，是令当今徽州人对其钦佩和尊重的一个重要原因。

苏雪林是太平县人，太平虽然不属于古徽州一府六县，但却与徽州紧邻，与旌德类似，在文化上与徽州具有同根同源的联系，况且这二县后来也长期归属过徽州管辖，因此苏雪林故乡的文化和风俗，也基本上体现了徽州的特点。

20 世纪 30 年代，苏雪林曾与同学共游黄山，后来留下了《黄海游踪》和《掷钵庵消夏记》两篇游记，那是写的黄山风景和游历感受。这里要说的是她与徽州文化风俗有关的另一篇散文，那是离开大陆十多年后在台湾所写的怀念家乡的《故乡的新年》。该文以新年风俗为题，详叙新年前后乡邻忙忙碌碌之诸多事宜、遥忆往事、回味吹烟，以明丽清澈之语言烘托绵密细致之乡愁，表现出农耕文明朴实、热闹之特征，在体现民间日常生活温馨而充实的同时，也显示出文化寻根之内蕴。作者写这篇文章，不能仅仅理解为对故乡风俗的简单介绍，而是寄寓了深切的乡恋，是一个漂泊海外的游子在寻求精神的安慰，作者在文中明言：“特从记忆里将我乡过年情节搜索一点出来，就算回乡一次呢。”这里的家乡风俗和文化其实亦可视为整个中华文化之缩影，是作者的文化之根，可以想象，这种文章在大洋彼岸的诸多同胞之中当会引起情感上的共鸣。

由于文章叙述的细致和清楚，其中的诸多内容亦成为研究当代民间习俗的珍贵材料。比如年前年后的“吃”、“送灶”、祭祖的仪式等等，有些现今已经不存，当时都是乡间十分神圣的事情。

近年来，有两位历史文化学者，写了大量的以徽州历史文化为题的随笔和散文，在读者中都产生了较大的影响。一位是复旦大学的历史教授王振忠先生，一位是上面提到的合肥的媒体人赵焰先生，前者有《斜晖脉脉水悠悠》、《日出而作》、《新安江》、《乡土中国——徽州》等，后者有《思想徽州》、《千年徽州梦》、《行走新安江》、《徽州老建筑》、《老徽州》等。关于他们的创作，本人已分别另有专文《穿行于灵山秀水之间——论王振忠徽州文化散文》和《文化徽州的史与思——论赵焰徽州文化散文》加以论述，此处就不再赘言。

黄立华

朝阳在夕照中升起

赵焰的“第三只眼看徽州”系列，包括《老徽州》、《思想徽州》、《行走新安江》、《徽州老建筑》、《徽州梦忆》五本散文集。他这一系列关于徽州的散文创作，应该属于文化散文的范畴。

自20世纪90年代以来，文化散文成为中国当代散文的主流，也是成就最高的一脉。流派纷呈，名家迭出。粗略地一数，就有余秋雨的“现代士大夫”派、朱大可的“文化酷评”派、刘亮程的“本土守望”派、苇岸的“自然观察”派、单之蔷的“西部发现”派、张承志的“清洁的精神”派、陈丹青的“民国的追忆”派、陈丹燕的“行走的小资”派……而与他们相比，身居中部省份安徽的赵焰显得比较低调、比较内敛，却在低调和内敛中潜藏着诗意和力量，大约可以归为“平凡的诗意”派。

另一个更为重要的区别是，以上文化散文写作者之于他们所写的对象，身份是比较单一的，而赵焰之于徽州，则拥有了多重身份，是行走者又是还乡者，是享受者又是劳作者，是亲缘者又是回忆者，是同情者又是解剖者，是朝圣者又是超越者……他就以这样复合型的身份，完成了对于徽州的宏大叙事和深邃思考。

行走者＆还乡者：和悦的乡愁

赵焰本是徽州人氏，生于徽州，长于徽州。他对于徽州的探访，既是行走，也是还乡。一种不断惊喜的发现者视角，和一种不断重温的寻梦者视角，在他笔下融合在一起，从而清词丽句汩汩而出。可以说，赵焰文笔上的功力、文字上的华彩，在徽州系列散文中表露无遗。学者的积淀、智者的慧眼、诗人的性灵、画家的着色技巧和电影家的剪辑技巧，在笔端全面绽放，交相辉映。

徽州的山山水水是看不够的，也是写不尽的。站在新安江的源头，赵焰生发了这样的哲思："新安江的源头，实际上就是一个关于水滴的故事。那么多水滴，由于机缘，凝聚在一起，凝聚成一个新的生命，于是，一条江形成了。"

沿着新安江迤逦而行，赵焰把他所看到的美景向读者和盘托出。最后曲终奏雅般的，他以生花妙笔写出了新安江骨子里的精气神：

> 新安江看起来还是忧郁的。这反映在它的颜色上，那是深深浅浅的绿中带一点蓝的颜色，那样的蓝是一般人很难觉察出来的。这样的蓝色，就是新安江的忧郁，也是它内在的情绪。实际上不止是新安江，任何一条河流，从本质上都是忧郁的。那是因为它承载的东西太多，心思也太绵密。一个东西，如果责任太多，心思太多，那它就不可能不忧郁了。
>
> ——《徽州梦忆·水印象》

"从总体上看，徽州的山是妩媚的，也是灵秀的。它们不是咄咄逼人的美丽，美丽是外相的，是一种虚假的东西，它没有用处，它不会看人，而只能被别人看。徽州的山是会看人的，它们看尽了沧桑，所以归于平淡。它们不属于雄奇的、艰险的和叛逆的，它们是属于小家碧玉型的，懂情、懂理而又无欲则刚，是那种看似寻常巷陌而又深藏着智慧的风格"。这是赵焰对于徽州的山的拟人化的高度概括，概括之中包含着嘉许。从中我们可以看出，他与徽州的山是声息相通的，是相看两不厌的。接着，他又通过与夜色之下的徽州的山的对话，拈出了山、人乃至整个宇宙的灵魂：

> 山就是这样，你无法说清道明它，但你可以感觉得到，它的灵魂是确切存在的。彼此面对，如果静静地放下心来，进入一种物我两忘的境地，你便会感到一种轻若游丝的音乐缥缈，感觉到山、头顶上的星空、夜风飘忽中的萤火虫与自己的心灵，其实都是一个东西。
>
> ——《徽州梦忆·山印象》

徽州人的与自然融合，乃是因为在性灵上的相通，“我见青山绿水多妩媚，料青山绿水见我应如是”。这是一种双向的关系，是相互的点燃、相互的照亮。

英国哲学家以撒亚·柏林，区分了“狐狸型”和“刺猬型”这两种不同的散思想家和写作风格，大体说来，前者全面而宽泛，后者片面而深刻。照我看来，也有“意象型学者”和“学理型学者”之分，赵焰无疑属于前者。他总是带着意象来思考的，属于诗性和理性融会贯通的写作。这既得益于中国古典诗书画艺术对于他的熏陶，也得益于西方现代电影对于他的塑造——他是一位出色的影评家，其电影评论写得摇曳多姿。于是，诗画和电影的灵氛就不知不觉地充溢在赵焰的文字中了。这表现为缤纷意象的铺陈、蒙太奇的娴熟运用，同时表现为对于梦幻氛围的营造。

在赵焰笔下，徽州的水是诗篇的流淌，也是胶片的流淌；徽州的山是意象的凝结，也是梦幻的凝结。

俗话说“近乡情更怯，不敢问来人”，何以怯，还不是怕“物非人亦非”！赵焰也不例外，他重返徽州时，自然是有那么一点怯，那么一点怅惘，但这样的情绪反应，并不十分激越。尽管人不能两次踏进同一条河流，尽管徽州在时光的流逝中有这样那样的“失去”，却它从来不让游子过分担心，你只管去看，看那山山水水，看那云卷云舒，毕竟还像模像样。

由于徽州的自然和文化原生态保存得相对完好，所以对于那些还乡者来说，过往的记忆并未全部抹去，而是比较稳妥地安放在一个个经典的场景之中，虽然大多数已经沦为模式化的景点，但毕竟聊胜于无。于是，每个还乡者心中的乡愁，也都是清浅的，如同清澈见底的新安江，甚至可以说是和悦的，如同夏日黄山的晴岚。没有“物非人亦非”的感伤，也没有“一去不复返”的痛楚，更没有罗大佑《鹿港小镇》式的撕心裂肺的呐喊……

徽州就这样以它几乎千百年不变的青山绿水、古木良田、粉墙黛瓦、耕读传家，抚平了游子的忧伤，也进而承载了许许多多异乡游客的乡愁。总有一道风景，总有一个物件，或总有一个生活细节，总有一个内心节奏，让来自徽州之外的游客感到一缕亲切，依稀看到了自己故乡的模样，从而得到了充足的精神抚慰。

有这样一个徽州让人持续做梦，真好！

享受者 & 劳作者：自足的栖居

除了田园诗般的生活模式让人“直把异乡作故乡”外，徽州强大的物质文化和器物文明更让人深深沉醉，于是乎，“亲切”和“享受”这两个关键词都齐备了，齐备于徽州。

是啊，梦，还要以物质做基础。徽州建筑和徽菜，便是支撑着徽州梦的两大础石。

对于徽州建筑，赵焰本人也经历了一个认知深入和情感升华的过程。童年时，气势恢弘的许国八脚牌坊，在赵焰眼里只是“一个精致的石头盒子”，不知“作什么用”；而岩寺的老街“乱哄哄”的，老房子更显得“阴森恐怖”。应该说，这是一种并不愉悦的童年体验。

长大后，赵焰才渐渐读懂徽州建筑的精妙，并在《徽州老建筑》一书中作了精彩的解读和概括，点明了徽州老建筑对于现代人心灵的救济功能：

> 如今，留存下来的徽州建筑，大多是明清时期的，相对而言，在装饰上，明代的古建筑崇尚简洁明快，而清代的讲究精细繁复。古老的徽州建筑，不仅具有实用功能、旅游开发功能，还具有历史、文化、科技研究价值以及审美和收藏价值。“白云芳草疑无路，流水桃花别有天”，岁月流逝无声，或许当初的徽州人自己也没想到，他们构建的安身立命之所，他们代代生养的温柔故乡，竟成了今天无数人寻寻觅觅的“世外桃源”与建筑标本。
>
> ——《徽州老建筑·楔子》

及至中年，徽州老房子更因为亲情的烛照而变得光彩照人，完全烫平了赵焰童年记忆的褶皱，并且扬起了情感的柔波。

《徽州梦忆》中的《外婆的天井》是一篇感人至深的文字。赵焰的外婆十六岁出嫁来到夫家，她的新家“是一幢老式的徽派建筑”，堂前的天井的中间是几块磨得发亮的青石板，旁边则是用卵石镶嵌起来的，从卵石的缝中已长出丰腴的青苔或茁壮的小草。站在天井里“抬眼上看，透过悬着风铃的屋檐，便可以看到蓝蓝的天，蓝蓝的天上白云飘，鸟儿在上面栖息或者倏然飞过”。

看到这样的天井，“外婆便有点怔住了”，她似乎预感到自己的一生要与这天井紧紧相连。在外公下新安做生意的那些漫长的日子里，“外婆的大门照例是敦实而缄默地关闭着，她游离的目光穿透不了包着铁皮的大门，于是她便端坐堂前抬眼看天井上的天空。有时候她会看见阳光灿烂，有时候她又会看见春雨淅沥。更多的时候她眼前是一片茫然，而她的思绪变得绵长而幽远”。

就在这古旧的房子里，外婆相继生下了作者的母亲、大舅、二舅、三舅……“外婆在大部分的时候里都是声嘶力竭地呵斥他们，教他们走路，教他们说话，让他们上学，然后把他们培养成为干部或者工人”。时光就这样静悄悄地流逝，孩子们陆续离家，星散大江南北，“终于有一天，当外婆和外公守着空旷的堂前面面相觑，一缕阳光从天井上空斜照在他们的头上、脸上，他们才在心中‘咯噔’了一下，彼此发现，对方已经老了”。

后来，外公外婆搬进了三室一厅的套房，新房子只有天花板而再也没有天井。一次作者回乡去拜望外公外婆，在与作者交流时，外婆一动不动地注视着天花板，脸上漾着一种神秘莫测的微笑，“她说她一生中最大的憾事就是足不出户，外面的事情一点也不清楚”。外婆淡定的言谈举止，却仿佛有一股深不可测的力量，把作者的情感引向了高潮：

> 我感到震惊。我想象老屋里的天井，年轻美丽的外婆在那里坐着，有月光水银般泻下来，把外婆塑成一尊白玉雕像。
>
> 外婆的心里有一座天井，天井外面的世界好大。

老房子因为有了亲人的血脉和奉献，而有了柔度和温度，甚至有了撼动心灵的神性。老房子不仅在赵焰笔下立起来了，还在他回忆和想象中活起来了，变成了另一位亲人。

房如是，菜亦然。徽菜和徽州建筑一样，都是徽州文化的翘楚。赵焰写活色生香的徽菜，仍然是以刻骨铭心的亲情为旨归：

> 这样的情况已出现了多次，我只要一接触到那些老徽菜的味道，比如说歙县虾米豆干、玉米糊以及煮了很久的五香蛋的味道，或者用筷子夹起臭鳜鱼、红烧问政山笋尖什么的，一些刻骨铭心的记忆就会浮现，某种场景也会情不自禁地浮现。有关徽州的很多东西，就如傍晚的山风一样，无声地潜过来，也如正午老房子由窗棂处射来的阳光，有着无数微尘在那里舞蹈。
>
> ——《老徽州·那些徽菜》

作者的外公就是烹制徽菜的高手，而且对于食材有一种近乎艺术家的苛求。他常说，“沙里马蹄鳖”的鳖须从清水河畔的沙滩里捕来，“水清见沙白，腹白无淤泥”，对品质的要求很高。“雪天牛尾狸”的狸也要求是冬天的，因为这个季节的肉质嫩、脂肪多，红烧之后有嚼头、有胶质。臭鲑鱼就更不简单，最好是新安江里的鳜鱼，因为水清，没有泥腥气；在做之前，要先腌制一下，放一放，有的还要放在卤水里卤一下，这样的鱼肉出来成块，筷子一夹，一张嘴，就滑入腹中了。

外公的徽菜之后，是舅舅的徽菜。赵焰的几个舅舅都烧得一手好徽菜，平时在家里，烹饪的事都是他们动手，几个舅妈乐得清闲。而赵焰每次回徽州，都能品尝到舅舅们的手艺，乐得大快朵颐。更有意味的是，几个舅舅也都遗传了外公的“品质癖”，继承了外公的“挑剔欲”：“对于现在大城市里的徽菜馆，我的舅舅们往往不屑一顾：那是徽菜吗？瞎叫！有在饭店里吃到正宗的徽菜吗？他们的反诘似乎有点清高，但我认为他们清高得相当有道理。大隐隐于市，居家方男儿；不怕不识货，就怕货比货”。

再然后，自然到了“我的徽菜”，赵焰也是这方面的行家里手。“当然，我也能烧一手说得过去的徽菜，我能把鳜鱼烧得活色生香，让路人嗅着我家窗口飘出的火腿煨冬笋的香味驻足不前”。至此，一个“舌尖上的家族”完整地形成，这是一根绵长而温馨的美食链条。

一个好的散文家，不仅是梦想家、学问家，而且也应该是生活家、实践家。赵焰做到了这一点。我以为，这就是徽州文化中对于一个男人的要求，也是陶行知“手脑并用”思想的最初源头。

不提苏东坡、曹雪芹，单说祖籍徽州的当代散文大师汪曾祺（与赵焰的外公同姓），就同样具有美食家和大厨的双重身份。既动口，又动手，方能识尽个中真味！这是一种有雅趣的“身体写作”。更重要的是，手艺的传承背后，是血脉的延续和亲情的几何级数增长。

享受着雅宅、美食及其背后的亲情，赵焰的徽州梦温润而丰盈。他像个凡人，也像个诗人那样，在梦里自足地栖居。或者可以说，在徽州这种土地上，每个凡人其实都是诗人。

亲缘者 & 回忆者：父辈的荣光

前文已经提及，赵焰与徽州的联系，不仅仅是学者的联系，更不仅仅是游客的联系，而是一种血脉的联系。他要写出这种血脉联系，写出自己的根。在他的笔下，一张祖先谱系图和一部家族史若隐若现，走的仍然是那一条母系路线，从外公开始向上回溯，迂回而坚定，直指人心。

像回到新安江的源头一样，赵焰先回到血脉的源头，却发现了这样的近乎残忍的历史事实：

> 后来深入地了解了家族史，我才知道自己家族这一脉是作为徽州“土地神”汪华的守墓人而繁衍的，并且一直以慈姑为轴心运转。一千多年来，一直生活在这个穷僻的地方。想想真是有意思，一个家族，在担当了守墓人之后，就一直迁徙于此，繁衍于此，终老于此，这需要多大的韧性和忍耐力呀，或者说需要巨大的麻木。这完全是一个徽州版的“千年孤独”！想起来似乎还真是这样，在慈姑这块地方的很多人，在骨子里都带有这样的成分：自尊、无聊、倔强、目光短浅、甘于平庸。他们一辈子的生活太狭窄，也太隐蔽。
>
> ——《徽州梦忆·楔子》

赵焰的家族承载着祖宗的荣光，不料这看似虚渺的荣光，却重似千钧，把后辈死死压在那块巴掌大的土地上，又似一道紧箍咒，箍死了后辈的生活方式、生产方式乃至思维方式，最后归于麻木。赵焰以一种深婉的方式，以胜似千钧的笔力，写出了千年的无奈、千年的孤独。

赵焰姑奶奶的父亲姚沛然是一位很有成就的徽商，民国期间，他在当时有“小上海”之称的屯溪开设了一家“黄山旅馆”，几乎可以算作新安江畔的地标性建筑。除此之外，他还拥有一间木材厂和一座不小的庄园。然而到了1949年屯溪解放，姚沛然被定的成分是“资本家”，就没有继续做生意了。“土改的时候，聪明的他主动将自己的庄园献出去了。1954年公私合营时，姚沛然更是深明大义，表现出了积极的合作态度，响应政府号召，将自己的木材厂以及‘黄山旅社’全捐献给国家，然后在家颐养天年。现在看来，平日少言寡语的姚沛然真是智慧啊！”

“智慧”一词，是赵焰对徽商姚沛然的“盖棺论定”，但用在这里，几乎有了几分反讽的意味。在赵焰波澜不惊的描述之中，又包含着多少无奈、多少屈从。这种无奈和屈从，最后化作一个关于姚妻的令人难以忘怀的意象：

> 1968年，姚沛然在屯溪逝世，而后，他的妻子汪悠嘉一直待在屯溪，住在靠新安江边的一幢小木楼里，每天做做家务，缝缝补补，想想外地的女儿。有时候实在无事的时候，就靠在江边的窗棂上，看湍急的江水，想岁月的无奈以及人生的无奈。姚沛然以及徽商曾经的辉煌，就如她脚底下的流水一样，悄无声息地淌走了。
>
> ——《老徽州·黄山旅社》

繁华落尽、财富散尽的徽商家庭，又岂止姚沛然一家，还有不少曾经意气风发的徽商，甚至没有"颐养天年"的福分。造成这一切的原因，除了外在的时势变化之外，还有徽商内在的文化基因缺失。赵焰的高明之处，就在于他没有被"时代局限"所局限，而是在客观描述时势变化的同时，剖析了徽商内在的文化基因缺失："当年在外的徽商纷纷迁移回乡，购田置业，没有扩大再生产，除了当时社会限制外，一个重要的原因在于中国文化在精神上缺乏对于财富的足够支撑。如果一个民族在精神上无法支撑财富的重量，那么经济的发展必然是一句空话。"

赵焰《老徽州》等书中的许多篇什，不仅构成了一部个人的家族史，而且具有"为群体代言"的意味。从这一个个家族史中结晶出的"徽骆驼文化"和"绩溪牛文化"，与北方莫言的"红高粱文化"相映成趣。

而值得注意的是，赵焰在描述这些的时候——无论是封建宗法文化对于人的禁锢，还是不以人意志为转移的政治风云变幻，或者是突然降临的无妄之灾——从笔调口吻到叙事风格，一切都是淡淡的。可能这就是在灾难面前，剽悍张扬的北方叙事与清秀内敛的南方叙事的不同。

徽州人的苦难，是一种平静的、文雅的苦难，这并不是说，徽州人所经受的冲击和苦难就不够大、不够骇人，而是徽州人长期形成的坚忍和内敛的文化心理，使之平静化、文雅化了。这是一种生存的智慧，也是一种忍耐的艺术，或者说，徽州人生存的智慧，就是忍耐的艺术。

但忧伤终究挥之不去，以至于一看到那些自己精心收集的老照片，赵焰就看到了那如同老电影一般的过往。在《老徽州》的序言中，他这样写道："聊以自慰的是，通过这些老照片，我已感觉到了徽州的忧伤，已成为我的忧伤，如花一样在静夜之中开放。"

忧伤，不仅来自生命的本质属性，还来自漫长岁月里的那些动荡、坎坷、荒谬与无常，这是生命深处的忧伤，也是历史深处的忧伤。

同情者＆解剖者：先贤的困顿

罗丹说："对于生于你前面的大师，你要爱他们。"赵焰的徽州系列中，就处处涌动着这样的爱，同时也拉动着每一位读者对大师的爱。其实，不只是爱，这爱中还有悲悯。

徽州是中国人才的富矿，历朝历代大师和大家辈出。赵焰沿着新安江一路行走，路过一座座名人故居，在这些历史节点和文化坐标面前，他驻足，他思考。

朱升，是一个诸葛亮式人物。他的"高筑墙，广积粮，缓称王"，帮助朱元璋谋得了天下。朱升官至五品，看似荣华富贵，青史留名，但也失去了很多，连他唯一的儿子朱同，也被朱元璋杀死。于是赵焰感叹道:“如果朱升继续在乡下当他的隐士,至少可以保全儿子的性命吧。”

汪直,则是哥伦布式人物,中国黄土文明中一直所迫切需要的角色。可惜,这位具有海洋文化视野的“徽王”,却没有被这个民族所善待,反倒被妖魔化为“海盗”和“汉奸”,最终被朝廷无情剿灭。对此赵焰认为,徽州整体地域性格的改变,正与汪直事件有关:徽州人早期的生命原型,其实并不像后来那样严谨、慎微、实利,它有着粗犷而强悍的品质、不甘寂寞的开拓欲望。这样的性格,在汪直事件之后,在程朱理学的阴翳之下,棱角被慢慢磨平,变成与江水中的卵石一样圆滑。

胡宗宪,则是岳飞式人物,他在与汪直相对峙的封建官僚体系中所扮演的角色,是那么传统;而他在竭力尽忠之后所遭受的冤屈和灭顶之灾,也同样是那么经典。对于胡宗宪的被平反昭雪,赵焰沉重而冷静地写道:“其实昭雪又能说明什么呢?这样的‘冤案’和‘昭雪’一直是专制制度本身的一部分,悲剧本来就是专制社会的伴生之物,制度本身的扭曲,当然会造成很多事件的扭曲,也造成人的扭曲。”

戴震,似乎可称为东方的笛卡尔。笛卡尔被瑞典女王被赏识,远离祖国来到瑞典,最后死于北欧的寒冷与孤独。戴震被清廷所赏识,远离故土来到京城编撰四库全书,最后也死于北京的寒冷与孤独。在提笔的那一刻,赵焰仿佛是先贤附体:“北方的冬天实在是太冷了,那可不是一般的冷,那是在骨头里,都迂回着久驱不散的寒意。戴震不由想到徽州,还是徽州好啊,心情不顺的时候,可以躲进青山绿水,乡野民舍。在那里,思想更自由,也更开阔。而在京城,想找一片安宁的地方都难找到,只能心如死灰地待在高墙之内。”

还有绕不过去的胡雪岩,对这位“徽商中的徽商”,赵焰一针见血地写道:“依附政治起家的胡雪岩,同样也因政治斗争的错综复杂遭遇了覆灭。"红顶商人的悲剧，几乎是命中注定的。

人们不禁要追问，他们的悲剧究竟从何而来？在赵焰看来，这是一群失去了主体人格的人，也是一群失去了自由意志和个体尊严的人，在《行走新安江·徽城镇》里，赵焰总结了中国文化和徽州文化的致命弱点：

中国文化一向缺少的是真正的人本精神，它的人格总是习惯性地湮没在山水中，湮没在官场上，湮没在繁复无比的人伦关系中，甚至湮没在乏味而无用的知识之中。徽州文化在很大程度上体现了这种人格的消失。在徽州，我们所看到的，无论是建筑、村落、风水，还是牌坊、科举、宗族，它们都可以说是一个又一个符号。在这些强大的符号中，我们很难感受到那种生动的灵魂气息，很难看到那种独立而坚强的人格。所见到的，只是自然中的人、社会中的人，以及道德中的人，而那种真正具有整体宇宙意识，拥有伟大的济世情怀，无私而无畏的性灵者，却是很少能够见到。就亦儒亦道的中国文化来说，理学将人格缩小成社会的人，而道家则力图将人变成自然意义上的人。这两条道路，不客气地说，都是人类众多的歧途之一。

如此说来，那些"儒道互补"的人，其实是走上了人生的双重歧路。

进入到近现代之后，一群新型的徽州精英出现了，胡适和陶行知，这两个经受欧美文化熏染、具备自由主义思想的现代徽州人，他们的人生际遇又是如何呢？

大思想家胡适的落寞，是因为在那样一个强权和厚黑学流行的乱世，再大的文人也摆脱不了受人摆布的命运。许多学者从各种角度解读过胡适，而赵焰对于胡适的解读显然高人一筹。他这样写道："也许胡适性格中最本源的成分是来自徽州吧。是山清水秀的徽州，带给了清明的本质，也带给了他健康而明朗的内心。在这样的内心中，一切都清清朗朗，干干净净。这样清明的内心决定了胡适有着非常好的‘智的直觉’，也使得他能够有一种简单而干净的方式去观察最复杂的事物，对万事万物的认识有着最直接的路径。”然而，这样的清明，在酱缸式的中国文化中很轻易地就被覆盖；胡博士与蒋“总统”的几次较量也表明，绅士气在流氓气面前不堪一击。

大教育家陶行知的寂寞，是因为他的博爱精神原本就是中国人所极其稀缺的精神品质，他那殉道般的善行也过于超凡脱俗。在中国社会，小善总是很轻易地就获得追捧，大爱却往往不被理解。在《徽州梦忆·大爱陶行知》中，赵焰写出了这位教育家“伟大的济世情怀”；而在《老徽州·陶行知》中，赵焰又写到了他的寂寞身后事：“现在，位于歙县古城内的陶行知纪念馆幽静而典雅，我好几次路过这里的时候，都几乎是门可罗雀。在徽州的一切都大热的情况下，这个徽州人的价值并没有真正得到承认，虽然有很多人知道他，但却很少有人真正地去效仿他。”

在徽州系列中，赵焰塑造了一组徽州精英的群像，细究起来，失败的影子都部分地遮盖或全然地笼罩了他们的人生。超拔的才华、辉煌的历程与无奈的人生、无言的结局形成了强烈的对比，有理想的追求和有价值的失败这两者都那么响亮而令人神伤。这些构成了重重的矛盾和悲剧性的氛围，形成了一种别样的失败美学。从这一失败美学之中，可以见出传统文化的局限、传统体制的困局，那么，如何才能突出重围呢？我们今天能给出解决方案吗？别的不说，单提物质财富，今天的中国创造了令世界瞠目的 GDP 增长速度，但我们的文化精神已经足以支撑这些财富的重量了吗？

在所有的失败者之中，精英尤其是文化精英的失败更让人扼腕，也更耐人寻味。赵焰甚至喜欢上了写失意者和失败者，他的《晚清三部曲》就分别以李鸿章、曾国藩和袁世凯为主角，至少李和袁二人，是失败者。赵焰对于这些失意者和失败者心路历程的深度开掘，使得他无愧于“中国的茨威格”的称号。

朝圣者&超越者：徽州的永生

“徽州”是一个地理概念、历史概念和文化概念，但它不应该是一个静止的概念，它还在悄悄地生长。比如，它就生长在赵焰富于思想张力和情感张力的美文里。

描述、回忆，是为了复活徽州；剖析、定位，则是为了超越徽州。只有超越，才能让徽州真正获得永生。这是徽州无言的诉求，也是徽州人赵焰的文化雄心。

诸多事体中，最难是定位。赵焰必须要给徽州一个清晰而妥帖的定位，在定位的过程中必须要有一种谦卑的态度和一种求索的精神，才能撑得起自己的文化雄心。

首先是母语中的定位。选择什么样的语言风格才与徽州不违和，这让赵焰颇费踌躇，他一心要从母语中选择最适宜的风格，来献给从肉体和精神上养育着自己的母亲——徽州。在《徽州梦忆·后记》中，他袒露了自己的这种踌躇：“徽州一直不是大漠江北，在整体上它显得细致而精确，又显得苍老而沉重。所以我在整体风格上不可能洋洋洒洒、大开大合；而在更多的时候，出于介绍徽州的需要，我又不得不用一种直白的语言方式加以描述。这样的反差在不知不觉中增加了写作的难度。一方面，我不能用一种呆板的语言来深入一个灵性的徽州，另外一方面，我又不能将徽州写得华而不实。也因为这一点，让我在写作的整个过程中显得踌躇伤神，费思量，又难忘。”那么，理想的状态又是什么呢？显然，是让文字如同草木和云雨，在自然中生长，跟随徽州一样，经历了生长、成熟和苍老，而后又获得第二次青春。

从事后的效果来看，赵焰达成了他的预期。就色调而言，他的语言洋溢着一种青绿调子，清秀而富于变化，恰与徽州的青山绿水相匹配。就风格而言，他的语言在自然与雕琢之间辗转腾挪，又恰与徽州建筑在审美上的两极相匹配。众所周知，徽州建筑在该素朴的地方极尽素朴，在该雕饰的地方又极尽雕饰，将“清水芙蓉”和“雕梁画栋”这两种美融为一体，既有精练的颓废，又有素朴的清欢。赵焰的语言也是如此，在自然和雕琢之间艰难地行走：面对“灵性的徽州”，不能不自然流淌；面对细致而繁复的徽州，又必须加以雕琢，最后获得一种“雕琢得让人看不出雕琢”的境界，可谓“二度自然”。

其次是姿态上的定位，这种姿态甚至具有了道德意义。在《徽州梦忆·楔子》中，赵焰写道：

> 我想以一种较为干净的方式来写徽州，这样的方式不是泛泛的介绍，也不是自以为是的臆断，更不是功利的结论，而是源于一种发现、一种贴近的理解。那种与徽州之间的心有灵犀，以及这种明白中的诚实、客观和宽容，都是我想努力做到的。在很多时候，我感觉自己就像一个懵懵懂懂的孩子，蹒跚在徽州的山水和历史之中，我的眼神闪烁着单纯，也闪烁着智慧，其实单纯和智慧是连在一起的。……

干净和单纯，这是一种对孩童视角和天真心态的回归，是赵焰对自己提出的高要求，也是他心灵深处的呼唤。只有先清空自己，从头到脚都经历“干净”和“单纯”的洗礼，才能有更多的发现、更多的理解，并且达到一种“精深得让人看不出精深”的境界，可谓“二度单纯”。

最后是文化上的定位。徽州文化究竟是中国文化的主流还是仅仅一个支脉，它的价值究竟几何？面对这些问题，既不能妄自菲薄，也不能妄自尊大。同时，还要有一种比较文化学的宽广视野，正如赵焰所言：“如果将徽州放在一种世界视野当中来审视的话，它本身会显得渺小而狭窄；但如果不纳入那种大的背景之下，它本身又会变成津津乐道的自恋或者自怜。”

深沉的爱恋与冷静的自省，学者的谨严和史家的锐利，纵向的梳理和横向的比对，这些态度交织在一起，使得赵焰在《徽州梦忆·楔子》中写下了这样一段关于徽州文化的总结陈词：

> 从本质上说，徽州一直建立在一种罕见的、自然美与社会美的交汇之上。它在漫长的历史阶段中一直对文明持有一种敏感和积极的态度，如果把徽州已有的历史分为幼年、壮年和老年的话，那么，在徽州的幼年时期，它一直处于一种纯朴的农耕时期，充分沐浴着自然美的阴晴圆缺，日出而作，日落而息，也尽享生命的真谛。而它的壮年时期，外界开始无形地渗透，一方面，人们的头顶升腾起文化的光芒，另一方面，财富开始进入，人们涌动着对于财富的欲望，也处处留下了财富的痕迹。而它的晚年，当现代化在山外的世界激荡喧嚣的时候，徽州开始破落，破落得像悬挂于天宇上的一弯残月，冷清、孤独，它已发不出光来，只能寂寞地与世界保持着距离，反刍着昔日的时间和荣光。

在赵焰眼里，徽州在农耕文明、文人士大夫文明、商业文明、器物文明这四种文明形态上，都展现了丰富的图景，取得了辉煌的成就。因此，无论是从文明的发生、文明的种类、文明的成果还是从文明的衰落、文明的缺憾来看，徽州文化都堪称中国文化的浓缩的精华。

这样的定位，是大致准确的。

这段总结陈词的最后，留下了一个灰色的伤感的尾巴。而在赵焰的其他文字中，谈到徽州的昨天、今天和明天，时而也会在灰色中燃起亮色，隐约包含着对于未来的渴望：

> 徽州，如果从严格的意义上来说，在它已有的历史中，还是缺少很多东西的，也有着很多薄弱之处。徽州只是一个缩影，一个中世纪的中国文化与社会的缩影，尽管它在一定程度上表现出山清水秀、富庶自得，但它远没有现在想象得那样完美。
>
> 真正的美景还在未来。
>
> ——《行走新安江·徽城镇》

赵焰的徽州系列，作为新文人散文的代表，不仅充满了文字和个人姿态上的自觉，更充满了文化和集体意识上的自觉。既有对于老徽州的发现——这发现是别具个人风格的，更有对于新徽州的呼唤——这呼唤是在发现基础上自然而然的升华。他那一篇篇美丽而睿智的文字，既有强烈的即视感，让每位读者朝向老徽州的“第三只眼”悄然开启，又有梦幻般的穿透力，帮助每位读者打通了现实与愿景之间的界限——

当你在徽州乡间看到一缕缕炊烟的时候，请把它看作流动的行云；当你在老宅里触摸凝固的“三雕”的时候，请把它看作跳跃的画面；当你在学堂边听到三字经的童声吟唱的时候，请把它看作一个发展中大国对于纯真和道德的回归；当你踩在徽杭古道洒满落叶的石阶的时候，请把它看作是一列开往未来的高铁……那么，洒在你身上的徽州的夕照，就不仅有一种怀旧的温度，更有一种鞭策的热力，它将化作一轮朝阳，在梦圆之后升起。

莫幼群

回不去的故乡

一

读赵焰先生笔下的徽州，我的情绪要比别人稍微复杂一些。

因为我算半个徽州人吧。

我的祖父是个小徽商，年轻时做学徒，跟着东家在外闯荡，三十多岁了，终于积了点本钱自己单干。他在湖南一带做生意，从工厂里批发干电池，然后到乡镇去赊卖，年底再去收钱。

在当时，这种买卖应该有不少赚头，几年里，祖父不但在长沙城里置下了房产，还娶了一房姨太太，生下了两个男孩，其中一个就是我的父亲。

长沙大火那年，祖父暴病，病来得快，他走得更快，生死就是一眨眼的事。那一年，男人病死，大火烧了房子，年轻的祖母哭了几天几夜，然后收住泪，请了劳力，将几箱细软挑起来，拖着蹒跚学步的两个小儿，迈着小脚，踏上了回徽州的路。

我的家族故事，平淡也离奇。说平淡，在外闯荡的徽州人，谁不是辛酸满腹？财富光环的背后，怕是都有引人潸然泪下处。说离奇，戏台上才有的悲欢离合在世间活生生上演，后辈听来，能觉得真实吗？

我小时候，父亲常说这些陈年往事，我听着，不知如何安慰。

他也不管我听不听，自己说自己的。

对我来说，这些事太遥远，上面不但蒙上了厚厚的尘土，还长出了遍地的野草，落叶铺了一地，结满了蛛网。

往事再悲凉，也架不住时光不动声色地来遮盖。

而我呢，还在为赋新诗强说愁的年纪。

从某种程度上说，人生是走向故乡的过程。出生、长大、离开、思念、回归、安眠……乡愁在你出生的时候就已经种下，你成长它也成长，你成熟它也成熟，当你哪怕最终回到故乡的怀抱里老去，乡愁也沉重的化不开。它是永恒的存在，与生死同行。

在我走向故乡的过程中，赵焰先生的徽州系列，是我回乡的那条精神之路。

二

记忆是个很奇怪的东西，你经历的事，以为忘了，原来都还存着，人生如果是一条河，内心就是沉满记忆的河床。

赵焰先生的文字，那些关于徽州的文字，灵性又沉稳，这里是洪流，到了那里又变成了浪花。

又像是一竿竹篙。他在撑着自己的船，竹篙却落在你的河床上，轻轻插到沙土里，提起来，带起一小片漩涡，将沉静遗忘多年的记忆搅起来，慢慢翻腾，顺着水流走一段，然后又缓缓沉下去，堆积在那里。

问题是，我的徽州记忆在哪里？根本没有。我不是出生在徽州，二十岁那年才第一次回徽州，只能算是一次浅浅的交集吧，等到真正去注意它时，我都三十多岁了。

以我和徽州之间这点儿情分，怎么走回去，是个大问题。

当我想往回走的时候，是很茫然的。

赵焰先生文字的这种搅动翻腾，是一种通感。我说的不是修辞学上的通感，而是有关情感的互通无碍，来去从容。他说得，我听得，我解得，我悟得。文字唤起了记忆，让面目全非的历史，有了模样，有了温度，有了呼吸，有了流转的眼波，我觉得这就是通感。

正是因为有这种通感，我才带着他的徽州系列上路。

三

我最喜欢的篇章之一，是赵焰先生那篇《苍白的乡愁》。看正文前，我喜欢先看他写的序和后记，有时还单独看，那些序和后记，完全可以脱离正文，独自得道成仙。

他的序，是一条溪流，很明澈，急切流淌，而进入正文后，他一下子就变了，成了一条成熟的大河，他将自己融入到波澜壮阔中，秋水长天，水天一色，在大河的前方，是思想的海洋，深邃浩渺，没有际涯，那是他要奔流而去的地方。正如他在《行走新安江》中所写道，“河与海，在这样的撞击中，完成了彻底的交汇……这是一种真正意义上的消融，也是一次彻底的凤凰涅槃。”

他文字的源头，很感性，到了真正完成河与海的交汇时，他再次感性，常常失态，沉醉于“河与海的拥抱”。

这是我喜欢他的序和后记的原因。

四

对于赵焰先生的写作，我有很多猜想。其中一个猜想就是，他提笔写徽州之前，是有野心的，而且野心很大。

他想做写徽州文化第一人。

什么是徽州文化?

在感性的语境里,徽州文化可以很具体,一张明代木椅,一幅斑驳的祖先容像,一段深陷土中破败的残垣,都是历史和文化的载体,明灭生动,喃喃自语,它们有诉说的功能,也有诉说的欲望。

对于以写作为乐的人来说,不是难事。

徽州文化又很抽象,它太大而无当,像一座空中楼宇,重重叠叠,总是被云雾遮挡着,你以为看清了细节,其实是失真的,模糊的,似是而非,似近还远,似真理非真理,似坦途却遍布荆棘。它在时间的轴上,远远不止上下一千年时光,在空间的维度上呢,它又岂止仅限于方圆一万多平方公里的一府六县?

这个世上,野心家太多,成功者太少,有的落于荒谬,有的最后全是疲相,有些人干脆疯掉。

写作也是如此。我以前崇拜的一位作家,野心很大,后来入了旁道,把自己当成了精神领袖,书也写,但全是霸气邪气戾气,我不敢看。

我怀念他的时候,就去看他的早期小说,写得真好。

赵焰先生有野心,他写徽州文化,是奔第一而去的。我又猜想,他肯定意识到某一点,很重要的一点,那就是,在历史上,徽州文化其实是没有野心的,不但没有野心,更像个隐者,拔去锋芒,克制欲望,低调到压抑的程度。它不是烟花,在空中爆开后,比星辰还耀眼。它是山腰一绺雨雾,白,干净,不但不绚烂,而且慢慢退了,淡了,最后,消失了。

写徽州,一定要和它同轨,要一个鼻孔里出气,否则就会打架,两不相认,最后各走各路,渐行渐远。

没有野心,写不好徽州文化,心思太切,也写不好。赵焰先生写徽州,没有半点走火入魔,通篇气息流畅,儒生之笔,写出了王者文章。

所以我很好奇他是如何去掉身上火气的。

能将野心摁灭掉，老老实实写，这是在文字之前先和自己较量，赢了，就必定是大文章。

五

我在走回故乡的过程中，发现自己对徽州其实又爱又恨又怕。

我去棠樾的时候，近傍晚，走到村口，抬头，先看到残阳如血，再看到七个牌坊立在那里，黑漆漆的，心里就有了股寒意。

我第一次站在祖屋天井下面时，也有这寒意。

我怀疑自己神经过敏，游客们站在牌坊下，都很兴奋，惊讶，赞叹，导游的语气里也都是自豪，唯独我害怕。

没想到赵焰先生也不喜欢。

他在《思想徽州》里说："我一直不喜欢徽州的许多东西，比如，老房子阴森的氛围，硕大而压抑的祠堂，都有着很大的缺陷。"他进而直言不讳地道出徽州人的性格特征，"在徽州的很多地方，虽然整体结构上呈现出的是从容清秀，但在骨子里，却一直有着那种浓重的戒备和敌意。徽州民居在建筑风格上所呈现出的封闭和内敛，实际上正是徽州人阴暗心理的无意识流露"。

徽州人听了这话，一定不高兴。

这种不高兴，是面子上挂不住，心里还是服气的，因为他说的对。

说到牌坊，还要插一个听来的故事。

有个歙县的朋友，曾经对我说过当地女人"摸铜钱"的故事：在徽州，丈夫死了，妻子是要守节的，终身不得再嫁。守寡多年，到了深夜，睡不着，将一串铜钱扯散在地，黑灯瞎火里，蹲下身子，一枚枚地去摸，摸到了，再一枚枚串起来。几个来回，天也差不多亮了。

棠樾有三座贞节牌坊，徽州所有牌坊里，贞节牌坊占到了一半，“摸铜钱”的故事，大概夜夜都在上演。

我看《徽州梦忆》时，容易动情，因为书里有了更多的悲悯。

他说：“（萤火虫）就像老房子当年的那些女人们。她们在自己的一生一世中沉默着，她们多孤独啊！不仅仅是孤独，还有自虐般的坚贞，把人生过得悲凉无比。”

他在《思想徽州》里又提到，“变形后的朱熹的思想同样对于当地习俗有着重大的影响。徽州随处可见的‘忠、孝、节、义’的牌坊就是这种理解的具体体现。在徽州的棠樾牌坊群附近，有着一个极具特色的清懿祠（女祠）。走进祠堂，扑面而来的是令人窒息的气息，那种对于徽州女人身心的摧残，让人不忍卒看”。

那些直到今天还矗立着的贞节牌坊，实际上是徽州的耻辱，是徽州的伤疤。

不过，直到今天，仍然还有很多人在赞美它。

六

一个游子或者外来人，到底该怎么去打量徽州？

人们习惯说“近乡情怯”，我再续一句“无以为言”。

这个情怯，意思复杂。说到徽州，一方面我们对它过于美化，一方面我们对自己的理解能力高估，真到了赤裸相见时，才发现思维是错位的，像盖房子，关键时候发现榫头对不上，全拧了，结果面面相觑，无以为言。

不是真的无言，是隔阂太深，没有底气，不知从何说起。

徽州成了无数人的精神故乡。我不知道他们站在徽州的村口，有没有这种情怯。

在赵焰先生的眼中，徽州一直呈现着两面性，甚至多面性。

就像有首歌里唱道："如果你爱一个人，就把他送去纽约，因为那里是天堂；如果你恨一个人，也把他送去纽约，因为那里是地狱。"

徽州也算得天堂，也算得地狱。山水相依的自然之美，田园牧歌式的农耕生活，纯朴宁静，如世外桃源，将徽州推向了完美生活的极致。

但另一方面呢，它的建筑是封闭内敛的，它的世俗生活是教条传统的，它的人性是压抑扭曲的，它的内心是残破悲凉的。

徽州为什么会成为宋明理学打造出来的精致范本？我觉得和闭塞的山区环境、自给自足的小康生态、缺乏刚性的民众性格等都有关系。

在赵焰先生的《思想徽州》里，他写到了朱熹，这个对徽州乃至中国文化产生重大影响的人，让他又欣赏又困惑。在他看来，朱熹内心生动、率性、热爱生活，有大的境界，"在青山绿水之中，在与天地的对话与交流之中，通过静心和冥想，朱熹显然觉察到某种规律性的东西了"。

遗憾的是，朱熹遇到了大的迷茫，思想无法继续向前，只好回过头来，转向对人性的自省与自律。

一种超前的系统哲学，最终成了扼杀人性的幽井樊笼，是朱熹的学说和思想走火入魔，还是遭到了道德的绑架？还是被人有意或无意地大量误读？

这是朱熹的思想之谜，也是历史之谜。

和那些一厢情愿视徽州为精神故乡的人相比，赵焰先生对徽州的感情，显得尤为复杂难言，“一个地方，给予人的，不仅仅是美好、亲切，还会有巨大的悲伤、忧郁、伤感、宿命、抱怨、疏离等等。当一个地方给人以复杂而不可言说的情感时，他才算是真正地与这个地方拥抱并且合而为一”。

真正的故乡，当如是。

我不知道赵焰先生是如何拥抱这些巨大的痛苦的。

他似乎也隐隐约约有所交代，到底还是近乎“无以为言”。

七

创作越是饱满，越容易虚无，当你抵达彼岸后，再向前看，空空如也。

壮丽的东西都是在此岸与彼岸之间。

我认识一位画家，在徽州住了三十年，画了三十年，他养了一所安静的宅院，每天用红酒雪茄美食美女来填补虚无。他的画画得很好，可以说已经超越了这个时代，超越的也不多，一点点，但这一点点已经足够使他虚无。

他之所以不肯离开，是因为在徽州，连虚无也是富含诗意的吧。

赵焰先生应该也有这种虚无。他太贪心，走得太深，他写徽州系列，是将很多本原的思考揉了进去，这场文化之旅，实际上也是他的生命之旅，他边走边抛出困惑，有些与徽州有关，有些干脆就是生命的终极意义，抛一个解一个，解了再抛。

这是抵达虚无的走法。

他一直走到了徽州文化幽暗处，我们只是在后面数他的脚印。

八

在赵焰先生的徽州系列里，论世俗性趣味，当推《老徽州》。

徽州应该分为三层。

第一层是被人赞叹的地理景观，山脉河流，亭台楼宇，美不胜收，其实具有欺骗性，非常迷惑人。

第三层是徽州最隐秘的核心，藏着徽州文化最晦涩最扭曲的本质，生人勿近，不对外开放。

中间这层，才是徽州的世俗。

这一部分的徽州，具体到每一个活生生的人，跌宕起伏，曲折离奇，最有生命力。

前面说到，朱熹是对中国文化产生极大影响的人，他对中国世俗社会的影响更大。

差不多与朱熹同时期，西方开始了文艺复兴，其实不是文艺的复兴，而是人性的觉醒再生，经过漫长的中世纪苦行主义，人们突然活明白过来，重新回到世俗时代。第一次世俗时代是原始社会，只不过那时的“人本位”是本能，层次非常低，还不是科学。

还是木心先生会说，他说：“文艺复兴的精锐，即对生命的兴趣，对生活的兴趣，对人的兴趣。”

这句话让我想起了中国的《诗经》，多么人文而世俗的伟大作品。

西方人开始追求现实生活中的幸福，肯定人的尊严，徽州却开始进入阴暗冷血的礼教时期，存天理，灭人欲——对生命、对生活、对人都不得有兴趣。

多么荒谬。

所以，看《老徽州》时，有一种安慰：徽州的世俗生活，原来也还是有的，而且比徽州的第一层和第三层更耐看，更好看，更有质感。

那些老照片，差不多将徽州的世俗生活全包括了，政客、军人、商人、学子、乡民、革命者、传奇女子，像是一部徽州野史。虽然那些照片，只反映了晚清到新中国成立前的徽州，但推近及远，更早些时候，徽州世俗的热闹，应该也差不到哪里去吧。

赵焰先生写着也兴奋，“这样的历史才有血有肉、有滋有味”。

九

说到世俗性，我还想提一下赵焰先生在《行走新安江》里写“回溪”那一章。

他说，“对于积极进取的儒学以及追求隐匿避世的道学来说，究竟哪一类更符合人的本性呢？每一个人都在寻找着这样的平衡点，每一个地方也是。徽州众多的隐士，造就了徽州亦儒亦道的精神，儒是进取的，是理性的，是社会的，是宗族的，是油然于心的；而道呢，则是个人的，直觉的，是天然的，是无可奈何的。儒和道，看似不相融，其实却是可以相融的。儒也好，道也好，它们都是人类情感和欲望的延伸，它们的源头，都是人类最初的欲望和想法；它们更像是一艘船上的两把桨，儒是前行的保障，道则是平衡的杠杆。只不过这两者方式不一，到了一定的关口，分叉了，形成了两条河，各自有着自己的流向。而在本质上，它们却一直相缠相生着，它们是同一个事物的两个方面，是镜子的正面和反面。”

这段话，当然不是在新安江畔信步游走信手拈来，而是他一直以来的思考。

要想对徽州文化的超脱性和世俗性有所了解，这段话可以熟读几遍。

我觉得，赵焰先生在内心里应该是更喜欢道家的。道家热爱生活，而且干预世俗生活，但又和世俗生活保持着刚刚好的距离。

道家还有点洁身自好，这一点有些像文人。

赵焰先生写徽州，就像一个道家在养气。

十

好的文学作品，必须要有悲剧气息。

基本上，赵焰先生的徽州系列，是一条缓缓流淌的大河，有气势，有见识，有诗意的描述，有理性的思考。这是一条厚重沉稳的河，流得坚定有力。

这条河上，淡淡地飘移着一层薄雾。

这层雾，实际上也是他的个人气质，是他骨子里的悲剧意识。

这层雾，是一种无法模仿复制的特质，萦绕在他的字里行间。

他在《徽州梦忆》里写渐江，“孤独至极，造就了他的艺术生命。冷的背后，是什么呢？是虚空，是无。而无，在渐江看来，才是世界的真谛”。

只有孤独的人，才能看出别人的孤独。

他在《老徽州》里边走边叹：“我周围的碧苔、碎瓦、荒地、古树，似乎都不属于当今的世界，它们的心思全在过去的时光中。”

和理想拥抱得越紧，失落越大。

徽商的背影远去了，徽州的人文在消逝，徽州的世俗生活不见了，徽州精神凋萎了，所有这一切，“回归那不可捉摸的虚空”。

岂止是徽州呢，我们经历的那些人，那些事，那些美好的时光，都像烟一样飘散。

他笔下的徽州那么美，可惜我们回不去了。

这种悲剧，是普世性的，我们永远无法再回到故乡，所以乡愁永恒。

赵焰先生应该更喜欢黄宾虹，他们有共同之处：孤独的有智慧，能醒悟，能看淡，能比那种绝望的孤独多一点圆润，所以艺术之心才会充沛不竭。

赵焰先生说他渴望做一个“快乐的历史和现实的虚无主义者”。

他的“快乐”，是细碎的浪花，“虚无”在河面下绝望而倔强地奔涌。

祁海群

一个思考者眼里的徽州及其人

两年前的深秋，我与赵焰结伴同游徽州，到西递已是暮色苍茫时。白天的喧嚣与纷杂像潮水般地退去，一种古意盎然，绵长悠远的韵味不经意地在村前庄后弥漫开来。晚上，我们就投宿在一栋老宅里。庭院深深，曲廊回转，赵焰执意要住在二楼的一间厢房里，那里面有一张雕花画梁的徽式老床，像个小房间。夜半时分，风携着秋雨不期而至，豆大的雨滴有节奏地敲打着黑色的方瓦，更衬出夜之深沉与寂静。大床的床板很硬，赵焰辗转侧翻。我们知道，他一定又是在为《思想徽州》长醒不眠吧。

终于有了结果，《思想徽州》近日问世了。一如作者平日的低调作风，赵焰认为只是一本文化随笔而已。书海浩瀚，大约也泛不起几丝涟漪。的确，这几年来，写徽州的书太多了：大部头的丛书，小开本的游记；溯源、解读、记叙、考证、述略……林林总总，眼花缭乱，汗牛充栋。此书在出版前，我曾断断续续地读过其中的大部分篇章。也许我是个生于斯、长于斯的“徽州土著”，阅读时那种形而上或形而下的相通常使我愉悦不已，这种感觉当年在读叶显恩先生的《明清徽州农村社会与佃仆制》与王振中先生的《夕阳残照徽州梦》时也曾有过。前者是一本几十万字的学术专著，后者则是一篇类似文化散文的文章。它们的共同特点是把握住了徽州的某种内核、或者称之为“精、气、神”的东西。赵焰也是“该出手就出手”，一下子就铺陈出洋洋洒洒十几篇“徽文章”。从“最后的翰林”许承尧到“清明”的胡适；从《书院春秋》到《婺源随想》，挥笔便抖落诸多风雅，惯看秋月春风。

《思想徽州》对徽州的拿捏是相当准确的。作者在徽州的生活经历无疑使该书在感性的层面上显得亲切与平和。他幼年行走在曲折幽静的渔梁街，“自己清脆的足音就像啄木鸟在用尖喙撞击树干”。这声音，或许就开启了对徽州某种天问式的思考；仰望老屋“四水归堂”的天井里露出的那方蓝天，大概也能激发出关于这块土地的缕缕遐想……该书是对徽州文化的一次有选择的解读，赵焰对史料的摄取并无新颖之处，由于观点的独到，却又使全书流溢着一种“且听新翻杨柳枝”的气韵。我以为，《徽州人》是全书写得最有光彩的篇章。这方水土曾是避难离祸的世外桃源，多少高贵的种子撒落在此，斗转星移，长成了青山绿水间的寻常人家。他们聚族成村，耕读经商，诗书传家，形成了独特的人格与气质：外表谦和，骨子里却充满了倨傲和提防；低调处事，做的永远比说的多；入世很深，洞若观火，却没有玩乾坤于股掌之上的王者之气。竹山书院正壁有一副对联：竹解心虚、学然后知不足；山由篑进、为则必要其成。既无“唯楚有材，于斯为盛”的张扬与霸气，亦无“风声雨声读书声，声声入耳；家事国事天下事，事事关心”的胸襟与气魄，徽州人的人生境界大抵如此。没有了阔大的人生走向和终极关怀，内敛便成了保守，守拙就落为平庸，而节俭则滑向了吝啬。作者无不叹息地写道：后期的徽州人，很难有轻灵之气，既难产生超凡脱俗的陶渊明，也难产生愤世嫉俗的八大山人，整体变得实在而功利。这多少也印证了在当下徽州这块土地上，难见舞风弄潮的大贾巨商。徽州人是要走出去的，哪怕是“十三四岁，往外一丢”。走出大山，便是鲲鹏扬翼，长风鼓帆，成就一番事业。

尽管《思想徽州》文字轻灵、飘逸，但并没有减弱该书理性思考的深沉与厚重。无论是《历史的隐痛》对王直的评述，还是《何处是归园》对赛金花生前身后的论及，乃至《婺源随想》

中对一个小村落的观察，无不烁闪着作者潜心思考的光芒。这种思考是独立的、自我的、深入的，而非人云亦云的随波逐流。有了这种坚守，因而也就有了扬弃与反省的力度。这一可贵之处，在《徽商之路》里表现得尤为明显。“成也好儒、败也好儒”，当价值观和理念已经承载不了财富的积累，缺乏坚定的内心力量和坚定的商业人格，逃避和退让就成了必然的选择。徽商大把大把的银子，没有催生蒸汽机、光与电，却衍化为青山绿水间的牌坊祠堂、古居楼阁；精美的砖雕、木雕、石雕；泛黄的族谱、典籍、字画。那些盛极一时的徽商们就这样慢慢黯淡了。他们如流星一般，在天宇上划过一道道闪亮的痕迹，然后就一切归于沉寂。“吃在杭州、玩在苏州、死在徽州”，安静的徽州就像是一个巨大的坟场，埋葬着无数归根的幽灵。尽管已是热风拂拂的初夏，读到这些文字，我和作者一样，仍透彻着一种入骨的悲凉。

赵焰是皖南旌德人，历史地看，不属于传统的徽州。但我总以为他的禀赋与气质是徽州的——一个走出大山的徽州人。他对这块土地上所发生的荣辱兴衰的把握与感悟，皆使我这个土著汗颜。他对徽州的精华与糟粕自有一番独到的扬弃，并用前者饱满了自己。每每激赏他透彻的见解和飘逸的文字，实在是一种快意的享受。他钦佩那位“伟大的书生”，似乎在努力做一个“后有来者”，并执著地构建诸如“完整的天下意识、宇宙感悟、硬朗的主体精神”之类。显然，他的目标与“兼济”无关，很个人、很简单，即有一个健康而清明的人格，在这红尘滚滚的世间，葆有一缕澄怀的情思，一份静穆的淡定、一种儒雅的从容。新老朋友们都觉得，生活中的赵焰既不狷狂，亦不迂腐，明显地活得有智慧且又不矫揉造作。这种智慧在他那里不是工具性的把玩和游刃有余的世俗应对，而是可以让人欣赏的一种自然状态。

有人这样评价赵焰:温和但有个性,内敛却不封闭,定力非同寻常,平静的外表下澎湃着激情。我想这一切都源于他是一个对人生有大觉悟的人。未曾谋面,与他神交的朋友总把他定格为一介四体不勤,只会在书斋里激扬文字的书生。一旦接触下来,才发现他竟是一个很有格调、很倜傥地享受生活的玩家:四年一度的足球世界杯让他忘我痴迷,昏天黑地地看,然后揉揉通红的眼睛写一篇《我粉我疯狂》什么的,给吃早餐的球迷送上个刚出炉的、香喷喷的夹肉烧饼;喜欢淘碟,眼光与品位让店老板惊叹不已;看起碟片来通宵达旦,日子久了就植出一枝《夜兰花》,幽幽地绽放,“暗香里饱含着出尘之美”。据说他家吃饭很正规,顿顿几菜一汤;时间、人物,一点马虎不得。赵焰亲自下厨打理,是否《五味芬芳》则不得而知。他不大喜欢海阔天空地神聊,一旦对路子,无论“遗老遗少”,还是小资,美女,皆能侃侃而谈。

作为报人,他很敬业,每周五、周六皆值夜班。夜深了,我很想拎半瓶酒,切一包猪头肉、卤鹅什么的去与他小酌,谈点人生、文化什么的。又怕影响他工作,只好打电话冒充很大的领导向他表示亲切的慰问和关心。朋友聚会,谈兴甚浓,酒酣之余,我总嚷嚷像赵焰这样内心丰富,“埋伏如此纵深文化丘壑”的人,该到某个深山大刹做一个高僧。我们就在一个晚风拂柳的黄昏,立于长亭外,古道边送别,看此公在夕阳里渐去渐远。相伴暮鼓晨钟,面对黄卷青灯,他是耐得住寂寞的。每每说到此,众人大笑,老赵微笑,无非是以为此等酒话太荒唐。他是很热爱生活的,五十知天命,正是舒展旺盛之时,且又是个智者,入世出世皆自如,我们没有理由不对他期许些什么,也没有理由不与他将朋友进行到底。

许若齐

赵焰的黑白世界

倘若把乡愁看成是精神上的一种依归,那么对故乡的书写,更像是个人成长的另类复述。

无论是沈从文的边城、汪曾祺的高邮,抑或是孙犁的荷花淀、鲁迅的绍兴……故乡更多是作为一种被复述的存在,因为远行而愈显着生动。

赵焰笔下的徽州,是黑白色的,它有着苍凉的一面。

赵焰说:"徽州就是一个人、一幅图、一物件、一本书、一杯茶、一朵花……这样的感觉,与其说是思念的流露,不如说是乡愁的排遣。"这种无限忠实于个人情感的表述,正是一个作家对于自己故乡最真切的感念。

在赵焰徽州系列的大散文里,他试图找寻到一种有别于他人叙述故乡的手法,将故乡带回到历史的纵深处,打通现实与过去的藩篱,与历史相通、与人性相通、与音乐相通……进而构造一种内在的和谐。

赵焰是个作家,同时也是一个媒体人,他知道需要用什么样的笔法来复述他故乡的人文风情。而当故乡不断遭遇现代化的冲击,也许,只有进入到文字里的徽州,才是见证徽州的最好的文化遗存。

真实与虚构的交绘

"前世不修,生在徽州,十三四岁,往外一丢"。

作为一种文化概念,徽州文化最初的萌生是与其浓郁的商业精神分不开的。因其地窄人稠的生存缺陷，徽州人需要借助于商贸向外部世界拓展生机，这样便有了徽商的出现。

“无徽不成市、无绩不成街”是对明清时期散落在江南各地徽商群体的精准概括。一代代徽州人通过自己艰辛的劳作，将茶叶、山货、木材等通过水路和山路带出徽州，而后又将挣回的钱反哺桑梓——买地、置业、修祠堂……因而，徽州文化在本质上是一种商业精神的发酵。无论是徽州的老建筑、饮食、牌坊、村落……都深深烙下了那个徽商的印记。

赵焰是古徽州人，他知道徽州在历史上曾经有过的那一段辉煌的岁月。只是，随着现代化的日新月异，徽州也在大变动中褪去了她原先有的旧衣裳。当新式的建筑替代了原有的黑白相衬的马头墙，当小桥流水式的山村不再宁静，当古老的乡镇被整饬成千篇一律的新模样……赵焰知道，他记忆里的那个古徽州已经荡然无存了。

“老徽州就这样远去了，就像一只蝉，在蜕下自己的壳后，‘呀’的一声飞得无影无踪了。”

于是，赵焰需要追忆，需要重构。这种追忆和重构不仅是对自己儿时记忆的一种再现和重叙，更是对历史自身的回省。

在《老徽州》一书里，赵焰便完成了这样一次追忆，它根植于对一些老照片的追记。

“因为有老照片的存在，那些记忆才得以实证，得以导引。它让我确定我的记忆是真实的，并且，追随它的提示，走上一条寻觅之旅，深入我未知的某段历史。”赵焰如是说。

以照片来重塑历史，无非是要放大历史中的细节。虽然，照片所记录下的历史，不过百年，但过去的百年却能与千年相通。历史进程里的加速，直到近十多年，才让我们目瞪口呆。过去的山川风物，更多呈现的是一种渐进式的延续。于是，在赵焰的笔下，我们可以尽情地欣赏旧山河里的人物、故事、菜肴、志异……而每一样记录的背后，都有无可挽回的悲哀。对此，赵焰是忧伤的。因其乡愁泛滥于笔端，故带着诸多莫名的悲伤。

或许，历史本身就带着浓郁的悲伤气息。细节的还原，不过是借助于文字得以复归，终究无法让我们进入到历史具体情境当中。而回忆，不过是为了怀旧增添一点心绪吧了。

赵焰从黑白照片里所看见的历史，更像是个人在因缘聚会中，恍惚抢入了历史的镜头，真实和虚妄忽然间有了一种奇异的重叠。

“云腾雾绕，一直在我的身前左右。我不知道是一种庆幸，还是一种忧伤。”

从胡适、汪孟邹、郁达夫到叶挺、张大千再到赛金花、李苹香……照片中那些与徽州有关的人物，都生动了起来。他们生在徽州，来到徽州，走出徽州，他们在老照片里停顿了下来，让徽州的历史从此丰富。

真实与虚构就这样在相片和文字里交相辉映，构成了赵焰审视徽州的一个视角，也许还不能称之为全景式的，但却给了我们以重新读懂徽州的机会。

起于思

赵焰的徽州写作，源自 2000 年他开始写的那本《思想徽州》。以思想来撞击徽州，触碰徽州的文化肌理，无非是有了太多的现实感动。

赵焰用思的方式，进入到徽州的历史当中。他行走、阅读、感悟，然后用第三者的眼光来审视徽州的变迁，从村镇到人物再到建筑然后是老照片，赵焰的书写带着全景式的回瞻。

作为一种地域文化概念，徽州在历史中所经历过的辉煌，已然化作了今天的文化旅游消费。文化成了现实中的消费，是因为文化有着被消费的内容。人们来到徽州，感受徽文化，无非是要从中体验一下未曾有过的历史情境。

当自然风景和文化精神在徽州这个地方交融，思想便有了安顿自己的可能。而由商业精神带及而来的文化与哲学精神，也因此在它的末端得到了有效张扬。

从朱熹到戴震再到胡适，徽州走出来的思想家，都带有一种“智的自觉”。当北方的文化精神，因着历史的脉动而走向了衰落，徽州人站了出来，赋予其新的内涵。

赵焰说：“徽州人在性格上表现得极其精细。与其他地方的人相比，徽州凡是需要在技艺和耐心上下工夫的东西总胜人一筹。徽州‘三雕’闻名于世，不仅仅是技艺的过硬，同样，承载一个精细工艺的内心也是至关重要，那就是安静、不浮躁、心如止水。”

无论是朱熹的理学、戴震的朴学还是胡适的“问题意识”，思想虽然千差万别，但徽州人精细、耐心的性格却深深烙在了上面。

而当这些徽州思想家，最终引领起时代风潮时，我们看到这背后却有着政治与商业一番合谋，而这一番合谋亦延续到今天。譬如，我们为了消费古人，而不断还原出的历史深处的黑暗：歙县堂樾牌坊群折射出的封建礼法对女性的残害；休宁新建的状元博物馆反映出的是统治者利用科举对士人精心的思想布控……

在参观完休宁县“中国状元博物馆”后，赵焰写到：

“我在里面转了一圈，感觉如同隔世。对于封建时代的科举，我一直很难表达自己的观点。虽然科举作为一种取士制度本身有着它的合理性，但因为在渐变过程中失去健康，也失去方向，加上统治者暗藏着的别有用心和阴谋，所以最后的结果可想而知。”

“尽管休宁在科举上曾经状元满堂，但是，这些状元们的成就和思想加起来也比不上一个曾经在科举上名落孙山的同乡，这个人就是戴震。”

赵焰思想徽州，是从历史深处中爬梳整理，对话先贤，除了感受和理解外，还带着对历史本身的批判。

也许这正是思带出的历史感。科林伍德说：“一切历史都是思想史”。意思是说，我们回望的历史，其实都是带着观念的历史。评价、谈论历史人物，莫不带着观念而行。

而赵焰理解历史人物的方式，是回到历史的具体情境中去。赵焰说：“研究地方心灵，最好的方法不是去图书馆，也不是去博物馆，而是应该真真实实地在当地生活，去认识那地方的人，探究那种沉积在当地人心理结构中的文化传统。”

这种接传统的地气，使他的徽州系列大散文多带有体验式感悟与思考。他对徽州走出的这些思想家的认识、理解与批判，无不因着个人的体验而愈发深刻。

赵焰的思所触及的不仅是徽州人物，更像是对徽州精神某种重新领悟。

他说：“真正的徽州正变得远去，在浮躁和虚荣中，很难见到真正的徽州精神，也见不到真正的徽州。”

而这正是思之力量！

老建筑里的乡愁

作为一种历史的存在，徽州在很长时间里，因其特殊的地域关系，而成了很多人魂牵梦绕的地方。

“一生痴绝处，无梦到徽州”。白墙黑瓦、青山绿水、小桥与古村……徽州的现实风情，与其说得益于其天然的地理构造，不如说自有其文化与哲学精神的外延。

认识徽州，首先要认识的是它的外貌：马头墙、小青瓦、小桥、流水、人家……徽州的水土，因其生动、和谐、朴素、淡然而为人所称道。

在赵焰看来，徽州的生命正隐藏于这水土当中。徽州之所以能够勾连那么多人对其痴绝的怀想，与它独有的建筑风貌有着密切的联系。

"地域是有其灵魂的……其中，徽州建筑是徽州的一大标志……幸存的古建筑淡定地矗立着，展现着惊心动魄的沧桑和精神意蕴的恒久。"

赵焰观察徽州老建筑，不是对徽州古建筑进行简单说明，而是将其放到历史的具体情境中进行注解，进而得出徽州老建筑是当时政治与商业的外延。它的美学意蕴、它的建筑风格、它的布局格式等，都跟历史相通。

徽州的老建筑，因具备着"在场"性的，而成了现实中的活历史。今天，当我们重新审视这些徽州的老建筑：民居、牌坊、祠堂、桥……，似乎有一种一脚踏进历史的错觉。

将徽州老建筑还原到历史当中去，其实就是见证历史本身。虽然，随着现代旅游业的发展，越来越多的"假"的建筑在徽州开始横行。但是，真正的老建筑却是无可替代的，它是那个时代的"家谱"，身上从容地记录了历史辉煌的过去。

建筑本身是有灵性的，老建筑里却不仅藏着历史，还带着浓郁的乡愁。

今天，当"徽州文化热"方兴未艾，越来越多的人来到徽州，对徽州地表上建起一幢幢建筑物产生浓厚兴趣时，也许追溯它的历史，其本身就是为了发现徽州文化精神之所在。

对此，赵焰写到：

"徽州建筑是徽州文化重要标志，也是徽州的精气神所在，它们与山川、河流、田地、道路等融合在一起，构成了徽州整体上的优美、和谐景象。”

或许，这才是徽州建筑为什么会绵延几百年的一个重要缘故吧。

黑白色的忧伤

黑白色交相迭映是赵焰写徽州的视角。

赵焰的徽州，无不漫漶在这黑白色当中。

赵焰喜欢写历史，是因为他觉得散文的最高境界肯定是与历史有关的，因为历史跟散文有着太多相通之处。写历史，其实也是在写现实。

曾经，在很长一段时间，历史文化大散文，在散文界喧嚣一时，以余秋雨为代表的文化散文，带着历史的凭吊和现实的介怀，成了众多作家尊崇的对象。余氏的文化散文，因其过分拔高个人的情感，也招致一些批评家诟病。

而赵焰写徽州的历史则有意躲避余秋雨那种“历史沧桑感”和“崇高性”的表述，他更愿意将私人记忆植入到徽州当中。

他不是一个学者。学者写历史，多带着学究式的情怀，语多粗粝；赵焰是个作家，作家的使命是要把徽州历史内在的精气神发掘出来。赵焰要恢复的是徽州文化与思的传统。他的散文是体验式的，他试图用清丽自然的语言对徽州历史有一个俯瞰式的描述。

对于自己的写作，赵焰曾说：“写散文就是写自己，散文就像一面镜子，它照出的是一个人真实的影像，从散文中，能看出一个人的人格、气质、思想、人品、志向等。散文写作暴露的不仅是文章本身，而是个人的很多东西。一个散文作者，最重要的冶炼自己，丰富自己，直至找到自己。只有内心拓展了，内心博大了，风轻云淡，神清气爽，文章才会好起来。”

将散文的品性和作者本人纠葛起来，正是赵焰写徽州的一个潜在的要求。一个人内心精神世界是什么样的，他的文字就会给读者传递出怎样的一个世界。

赵焰行走在新安江上，梦忆徽州，一方面固然有其割舍不了的乡愁，但更重要的是他希望通过他的文字能够留住徽州的根，徽州文化的精气神。

今天，当徽州一变为黄山，在旅游口号之外，我们看到的是古老的文化正在屈服于现实的市场。某种意义上，把徽州变成黄山，是对徽州历史自身的降格。

对此，赵焰愿意用他独有的方式回到徽州。他思考那些生于斯、长于斯的名人，更思考风物与文化间的关联。

于是，徽州文化的历史感就从他的笔端漫溢而出。正如他自己所说：“在很多时候，我感觉自己就像一个懵懵懂懂的孩子，蹒跚在徽州的山水和历史之中，我的眼神闪烁着单纯，也闪烁着智慧，其实单纯和智慧是连在一起的。我看到了青山绿水，看到了坍墙碎瓦，也看到了荒草冷月，更看到了无形的足迹以及徽州的心路历程。”

当赵焰从黑白交映的徽州历史边缘走过，那清明澄澈的古徽州旧影就这样从他的文字漫向了它的读者。

那里承载着他的忧伤，他的记忆，他那割舍不断的情怀。

今天，在这样一个物质高度发达，人们为了钱而不惜胡说八道的时代里，写历史总是不容易的。

从赵焰黑白色的徽州世界里，我们看到的不仅是一个真实的文化背景，还带着深深的现实忧伤……

黄　涌

在文化的河流边迎风散步

法国思想家、作家蒙田喜欢散步，在散步中，思想的火花闪烁生辉，“每个人都包含人类的整个形式”，有断语，有自问：“我知道什么呢?”歌德、卢梭也都耽于散步与沉思。对个体、对整个人类的命运，古今中外的思想家和经典作家追问不止，忧心忡忡。

皖籍文化学者、作家赵焰工作之余，也喜欢散步、思索，并完成了又一部力作《晚清之后是民国》。读赵焰的文字已经多年了，他的文字不像是键盘敲出来的，更像是一脉清泉，从高山丛林中流出，抚石而过，然后潺潺流淌。

二十世纪六十年代出生的赵焰，迄今出版有二十余部著作。他的作品，已然涵盖心灵史写作、思想史写作、大文化史写作、地方史写作、民族史写作和人类史写作。这些年来，他怀着一颗悲悯之心，博观而约取，厚积而薄发，从人类文明的高处俯瞰，采黄山之云霞、齐云山之灵秀，汇淮河之流韵、长江之气概，绵绵密密，浩浩荡荡，独具风流。

青少年时代的赵焰，写过诗、写过小说、之后，写过诸多的美文、笔记、人物评传，为央视多部纪录片撰写脚本，而大文化散文写作，是他一直欣然而为的。这种不拘形态的文字架构，或许能更好地承载其独立性思考，更自由地释放其文化心灵。

在我看来，赵焰写《晚清之后是民国》，是水到渠成的事情。在此之前，他先后完成了《晚清有个李鸿章》、《晚清有个曾国藩》、《晚清有个袁世凯》的写作，写的都是当时的风云人物，也都是有一定争议的历史人物，但赵焰却写得纵横开阖，别开生面，读者在跌宕起伏、酣畅淋漓的阅读体验中，收获了耳目一新的见识。《晚清三部曲》多次重版，并由中华书局在香港出版了繁体字版本，足见其含金量和市场的受欢迎度。

历史存在于每一个人的身上，在他们的身上，有着许多的文化信息。赵焰写那些历史文化人物，比如胡适，比如宋教仁、吕碧城，以及历史更深处的人物如老子、庄子、曹操、欧阳修、朱熹、朱元璋等等，有旁征博引的条分缕析，也有三笔两笔的书写。其文化散文集《野狐禅》中，以闲笔写的一些历史人物短章，就意味深长。“野狐禅”一语，在中国画论中，形容冷逸、高古。但《野狐禅》并非旁门左道式的写作，而是一以贯之的钩沉探玄，并且写得机智活泼。赵焰的另一部著作《在淮河边上讲中国历史》，也用了相当的笔墨，对鸿蒙之初的中华文明源头做了一番探秘，也对中国历史进程中机械的重复的而非螺旋式上升现象做了解读，在呈现历史的深邃幽眇时，让人更接近历史的一些本来面目。

写大文化散文，写大历史中的大人物，好比与武林高手过招，要有功力和思想，否则尚未近身便败下阵来。在《阅读史》一文中，赵焰披露了他的惊人的阅读量，并对中西方经典著作和作者做了评点。赵焰出身文化世家，从小泡在图书馆、文化馆，曾居于江南的敬亭山下，如王阳明一般历练内心，大学毕业至今仍手不释卷，对众多经典作品，尤其是西方哲学经典都有通览，积累有丰富的超验感受，读书万卷的同时又一直坚持行走、体悟，在知行合一中形成了很好的感悟力、鉴赏力和审美品位，某种意义上打通了中西方文化的“任督”二脉。也因此，在看待历史文化人物时，他有着比较清晰的坐标系。

哲学家说，“读史使人明智”。达到明智的前提，自然是历史的可信度。所以，学者资中筠认为，启蒙的首要在于拆穿谎言，探明真相。赵焰在逼近历史本源以及历史中的人物时，自觉或不自觉地就有着“清道夫”的意识，并站到启蒙者队列中，运用中西方比较文化的体系，以大历史观，以超越国界的视野，清醒地思考、写作，力争去伪存真，廓清历史的迷雾。

出自徽州的作家赵焰，在地域文化史上，特别是关于故乡徽州系列的写作，譬如《徽州三部曲》，较少颂扬和泛泛之语，而是充满了哲学的思辨性和文化反省意识。《晚清之后是民国》一书同样秉承着这种思辨性写作，尽可能还原历史人物所处环境，还原历史事件的前因后果。

近代以来，众多历史事件和人物有着太多的云遮雾绕，存在着先入为主、人云亦云的概念沿袭与以讹传讹、墨迹一团的纷乱现象，后人往往难究其实，也说不出个所以然。《晚清之后是民国》建有清晰的构架，以时间为轴线，同时撷取特定的场景、片段和细节，对重要的事件、人物和背景，进行多源头比对、多维度呈现。看起来，作者就像庖丁解牛一样，以令人惊叹的宏观把控能力和写作智慧，来化繁为简，解构历史，勘破迷局。书中，精彩论断迭出，犹如醍醐灌顶，发人深省。

大变革大动荡时代，一些看似具体的、偶然的事件和人物，往往有着蝴蝶效应，甚至影响了整个历史走向。对此，赵焰在《晚清之后是民国》中延续“烛照式”写法，将历史叙事与人性剖析相结合，把历史中的人当作鲜活的人，用一束束光亮照射到那些走马灯似的人物内心深处，并基于丰富的史料和档案，运用历史心理学去逼近他们，敲打他们的灵魂，倾听回声。彼时，时局波诡云谲，各种势力你方唱罢我登场，有争斗、妥协、联合、分裂乃至水火不容。对于乱世中的世道人心，赵焰以擅长的散文笔法和随笔形式，不慌不忙地描摹、刻画，而臧否人物时，多有入木三分的精妙之句。为了探本求源，赵焰耗费大量心血，对民国时期的政治、经济、军事、社会、文化等仔仔细细梳理，尤其对当时制度层面，如复杂而混乱的选举程序设计，以及各派的主张与演变，做了深入研读和介绍。

近些年来，关于民国史以及晚清史的著作不断涌现。对于庞然大物似的此类题材写作，一般作者往往力有不逮，要么语言难以卒读，要么视野不够开阔，思想的高度跟不上。而赵焰在《晚清之后是民国》中，一如既往展现了赵氏的“春秋笔法”，既有精描细摹的工笔画，又有传神的写意笔法。在目前关于民国史及其走向写作中，该书可以说是最为清晰的一部专著。当然，或多或少地囿于当下语境，书中也存在着“曲笔”，未能尽显作者的本意。

《晚清之后是民国》的写作颇耗心血。好在作家内心丰盈，于现世又有接地气的多重渠道。赵焰多年来葆有许多兴趣爱好，并常常化在精妙的文字当中，像电影随笔《夜兰花》、《蝶影抄》就写得摇曳多姿，行文中不乏珠玉。众多影评、乐评、球评，以及对饮食品味的文字，显现了作家丰赡的人生情趣。赵焰的写作，包括历史文化题材在内，是有审美选择和文化坚持的，其写作涵养是丰沛的，气息是贯通的。他的文字流动着深沉的气韵，有着“湿漉漉的黑树干上花瓣朵朵”的意趣，可谓杂树生花，繁茂多姿。

逡巡在历史的汪洋大海里，时时沉潜、探秘，凭藉丰厚的思想积淀和文学素养，作家赵焰不断喷发，扛出大鼎，发出振聋发聩之声。古人有立言、立功、立德之说，赵焰的写作，在于让历史变得鲜活，让文化变得生动，当然是有建树和创造的。

张　扬

徽州八简

之一

赵焰贤兄：

这几天合肥下雨，每日家无事，就读你的徽州系列随笔集。有些感想，写来与兄交流。以前读你这几本作品，偏爱《思想徽州》。现在重新读，最喜欢《徽州梦忆》。口味难改，眼光易变。

文章可以写得细腻、纤巧。这种细致，不流于脂粉，是正清和，味道慢慢沁出来，渐成合围之势，仿佛暮色四合，于是，引得人氤氲进入那境界，舒服得不舍得出来。读你的书，差不多是这样感觉。

我说不舍得出来，但终究还是要出来，一堆俗务等着，不得不做。只是做的时候，心里惦着那些文章的妙处，便觉得浮生多苦亦有尽头，终究还有些指望。

这本《徽州梦忆》，基本都是风物随笔。风物类写作，要么胶柱鼓瑟，文字写得像说明文，要么烂抒情，臆想满篇。读贤兄这本书，你有打趣的机心，又懂得克制，不放纵文字，让人觉出一种典雅。

文字的典雅最难，要修。有些人的文章，天生丽质，我喜欢，并不向往。我向往蓬头垢面、风度翩翩，也因为是修来的。

文章千古事，妙手偶得之，妙手之外，还有修心。

写诗作小说是天分，写散文则是修来的。红尘万丈，一点点修炼。写许多的字，开始歪歪扭扭、张牙舞爪，后来就修成了气韵飞扬。贤兄以为然否。

中国文人，或者说我们这些写作者，小说诗词歌赋之类，只是闲话，最终都是靠艺术和学术来保持尊严的。这个风气，现在快断了，现在的风气是与权力和权威结伴而行。有多少狐假虎威便有多少狗仗人势，这是题外话，不表。

一个写作者，在当下，重要的是革自己的命。朋友车前子说“越革命越与世无争”，这话是对的。

我读兄的文章，能感觉到你对文章存敬畏之心。

《文房四宝的宿命》一文中有句话极好：“徽州山水从总体上呈现的宁静氛围，在冥冥之中刚好蕴含着一种气韵，暗合着中国文化的精髓要义。”一个人的写作状态与文字风格，来自他的生存方式与生活经验。你被皖南的山水滋养，有点自负，也是淡淡的，不逼迫人，更多是躲在楼下运筹帷幄。有野心，也是在文字上的。

你的文字仿佛一滴宿墨滴入水中，那墨发散再发散，洇开的过程极其有味。有味差不多就是你散文的注脚吧。

之二

去年在新安江畔住过一夜，可惜没带贤兄大作《行走新安江》。今天读这本书，想起去年与一帮红尘男女夜游新安江来。我也喝过新安江的水，呼吸过新安江的绿色的。

你这本书给我很浩渺的感觉，这浩渺不是烟波浩渺，而是文章带来的辽阔之感。有人文章辽阔如湖泊，有人文章辽阔如大海，有人文章辽阔如沙漠，有人文章辽阔如草原。仔细说来，湖泊文章有静气，大海文章有豪气，沙漠文章有浑气，草原文章有清气。

你的文字静气、豪气、浑气、清气都有一些的。好的文章“人性复杂、命运多舛”，绝不会是一体的。

这里的文章，差不多可以归于游记一类吧。游记极难写，尤其在当今。《水经注》的写法，明清小品的写法，郁达夫的写法，在今天都行不通了。网络与数码时代，给写作带来了新的要求。所以今人再写游记，描摹山水之类，自然只能沦为末流。

你这本文字的好，正是好在以文化入山水。文化是虚的东西，山水是实实在在的存在。只有山水，未免单调，只有文化，未免虚空。文化让山水有了想象，山水是文化的注脚，文化是山水的旁白。

行走新安江与《徐霞客游记》不同，古人游记是边游边记，你则是边游边想。

《渔梁》一文的结尾非常好：

> “当小船驶离渔梁后，新安江变得开阔了，两岸不断变换巨幅的风景画，炊烟袅娜，莺飞蝶舞。一阵春雨飘来，便能看到湿漉漉的青石板路和石拱桥，能看到划入梦境的乌篷船，能听到雨打在油伞上极富有音乐美的节奏……”

此番况味，令人低回，可浮一白也。

之三

这两天在青阳，他们请我去作一个征文的评委。评委是假，品味是真。最近有一个月呆在合肥，趁机出城看看江南的绿色，不亦快哉。江南的绿色仿佛大胖妇人，我老家岳西的绿色像清瘦丫鬟。江南的绿，野心勃勃，又不是司马昭之心，美正美在这里。岳西的绿，轻轻浅浅，像李清照的词，未必贴切，差不多是胡适的新诗吧。

这次在江南，随身带来两本书，一本是启功的《论书绝句》，一本是你和张扬老兄合作的《徽州老建筑》。看书当一鼓作气，再而衰，三而竭，不复得其中奥妙也。

青阳的朋友带我看了很多老建筑，基本都是徽派风格。老房子的气息很奇怪，衰败中犹存勃勃生机。这大概是古代建筑的魅力，现代楼房倒了也就倒了，破了也就破了，一地残渣而已，没有美感。

我一边看青阳的徽派建筑，一边对照你书中的文字，有“云销雨霁，彩彻区明”之感。

王勃《滕王阁序》中说：云销雨霁，彩彻区明；落霞与孤鹜齐飞，秋水共长天一色。这几行文字深得高远之旨。《徽州老建筑》差不多也得“高远”二字法诀。

关于建筑类的书籍，常见的写法无非对建筑物作解读，有谈资，有见识，只是感觉枯燥困倦，要么是说明书，要么是报告文学。你和张扬老兄的这本书，却以徽州建筑为切入来谈历史谈民俗谈风土人情，走的差不多是格物致知的路子，文辞雅洁，娓娓生情，用小文笔写大题材，一点都不累，笔法类似匕首对长枪，我很喜欢，是不是可以当作一幅小楷写的长卷来看呢。

建筑是立体的文字，也是立体的文明。贤兄在《徽州老建筑》中追溯往昔，盛与衰、哀与荣，引你赞叹的我也赞叹；斗转星移，物是人非，让你凝思的我也不语。

旧建筑的花窗与回廊，马头墙与木雕交织在一起的气息，让时光变慢，让夏天变凉，让冬天变暖。我去过几次徽州，我喜欢那个地方，“前世不修，生在徽州”，这是老话，我愿意下辈子做个徽州人。

这本书差不多就是一个纸上徽州建筑博物馆，不仅仅写建筑之美，文字包裹的还是文心风流啊。

有些神秘的老建筑味道潜藏退隐了，是这本书让她们与我再度重逢。

之四

今天又翻了翻《思想徽州》，有酱气。这个酱气不是酱油之气，而是酒之酱香。我不喝酒，以外行的鼻子来说，酱香厚而重，浓香轻且灵。

有些滋味不鲜却也迷人，你的徽州系列写作，可不可以说是记忆的反刍？文化的反刍？我读完之后，仿佛看见一个中年男人渐渐走近晨光轻笼下的孩童，努力将一个圆画到最圆，努力将徽州画得圆满。

你把那么多情感，统统给了徽州，再从"徽州"里寻出这几本书，何其简单。我说简单，也就是说你的文章读来不累。一个人面对故土，坦赤胸怀，意动神移间只要稍作流连，便成佳章。

有个阶段，文化大散文颇受推崇。文化大散文没有错，错的是写文化大散文的人。有些人写作一味求文化，有些人写作一味求大，有些人写作一味求散文，于是支离破碎。我想文化大散文是三位合一的写作，是天地人的写作，文化是根须，大是脉络，散文是枝叶。

在这本《思想徽州》里，你回望故里的心眼再也按捺不住静气，开始动情，开始慌张，也开始用北京官话朗诵了。徽州人衣食住行中特有的家常与讲究弥漫开来，这样的生活已渐渐脱离了岁月的轨迹，总让我怀疑《思想徽州》里的生活就是你曾经的日常，就是徽州人的日常。

这本书里很多文章，独得佳趣，写书院，写西递，写胡适，写朱熹与徽州，越发见出读书人本来面目的脉脉儒雅，始终缱绻于每一段关于徽州的情话中。老院古宅大门前锈蚀的铜环,能摸到才子佳人的前世来生。乳燕衔春的马头墙上,一株青草默默讲述旧时光。

彩云易散琉璃脆,今晨读了片刻鲁迅的《朝花夕拾》。你的徽州写作正是你的旧事重提吧。每一段字章仿佛檐顶的彩云,每一声清唱都是古徽州妇人鬓簪上的琉璃。

有些神秘的芬芳潜藏到时间的黑巷深处,有时需要岁月沉淀之后才能打捞。徽州的写作,差不多是中年的写作。如果我记得没错,鲁迅写《朝花夕拾》也正是四十多岁的。

你的语言不属于简洁明快一路,恰恰是这样,写起风俗人情,绚丽多姿。

前些天无聊,有朋友来访,两人在家玩茶。我泡了三道茶,第一道茶是信阳毛尖,不耐回味,泡了三开水,换成了汀溪兰香,略略滋味单薄,也泡了三开水,换成了黄山毛峰。黄山毛峰好,嗅之嫩香持久,观之玉白沉底,口感鲜爽,唇齿流香。你的文章差不多就是黄山毛峰,入口绵甜有酥软之香,一点点诱人贪念不止。

之五

作家群很少有人留心摄影,也很少有人收存老照片。年来我或多或少接触过一些老照片的收存者,他们奇货可居。

现在看你《老徽州》上发表的这些徽州老照片,那真是有过的生活么?——像做梦似地。这些照片斑驳发黄,像老人的梦境,断断续续,只是片段。我听老人说,人老了,连梦也做不完整。

我被这本书触动的不是照片而是言辞。我觉得,摄影不应该仅在书页中被观看。目击一幅原版照片,比镜头回击真实更具说服力。凝视原版的质感与尺寸——这质感、尺寸绝不仅指作品的物质层面——是不可取代的观看经验。

我不知道你手头收存的原照片有多少，有多少是多少吧。郑振铎藏书丰富，书话随便亦多，被史料压得过重，思想不得畅达，文章终显逼仄。这些年坊间不少因照片生发的随笔写作，文章往往升腾不了，不如你来得神灵飞动。

藏是一种事业，写又是另一种事业。旧照片到底太小，装下的事情终究不多，历史掩埋的细节过多，写深写透不容易。

这一次读你写徽州的作品，有些感触。你笔下的徽州是民间的朴素的原野的，把这几本书组合一起，差不多就是徽州文字版的《清明上河图》或者《东京梦华录》了。

我喜欢你笔尖对乡野的礼赞，对老徽州民间的礼赞。久在书斋的人，不多见你这样血性充沛的文字。

脱下学人的长袍，穿上短衣，轻行老徽州，其间滋味，你知我知他知，你知道的多，我知道的少，惭愧惭愧啊。

之六

近年写出不少饮食文章，先前没想到的。有个阶段，见不得谈吃喝的文字，闲来读书，凡涉饮食部分一律跳过不读。为什么呢，说不出。吃到一款美味，自然高兴，吃完，也满心喜悦，但告诉别人如何美味，却说不出。鱼肉青菜嚼在嘴里的滋味，能描述吗？有人没吃过榴莲，问什么味道，答曰“软软的，有些臭”，分明答非所问。我曾在湖边吃过鲜鱼，滑美青嫩，经年不忘，别人问起，也只能说滑美青嫩而已。

后来读李渔、张岱、周作人、梁实秋、汪曾祺诸位饮食文字，或有膏腴之美，或有蔬笋之气，或有春韭秋菘之味，终忍不住下水试了试身手。饮食文字的写作，仿佛秘戏，有私密的快感。写其他文章，也有私密的快感，感受不如饮食文字深也。

人分妍与媸，吃有色香味。食物有绝色之表，人才生怜香之情。人有怜香之情,方存知味之心。中庸云“人莫不饮食也,鲜能知味也”,可见知味不易。我认为,能知味者,非几十年的嘴上功夫不可。而要把食物的色香味立于文字,光靠嘴上功夫还远远不够,还需要笔下手段。

味道无法言传,这是饮食文字的挑战。将意会处录成文字,免不了自说自话、梦呓翩翩。忘了谁的笔记,说山里人不识海味,有客海边归来,盛赞海鲜之美,乡间人争舐其眼。真乃说味高手也。

这一次我读贤兄《徽之味》,如睹工笔,佳妙异常。我写饮食,一笔水墨,投机取巧了,投机是力有不逮,取巧又非我本意。

大餐名菜不好写,粗茶淡饭的文章,才让人有过日子的感觉。我等文人,更多时候是在家里念“一尺鲈鱼新钓得”、“桃花流水鳜鱼肥”之类的诗词。鲈鱼是何味,鳜鱼怎么肥,耳食终日,偶尔吃个一两次,并不得要旨。日常生活还是“桂花香馅裹胡桃,江米如珠井水淘”、“蒸梨常共灶,浇薤亦同渠”。

《徽之味》者,家常二字可概之。

之七

关于徽商,我了解得不多,所以读你的《徽商六讲》也就稍微慢一点。这几天断断续续,每天读几节,一个礼拜才读完。《徽商六讲》是舌尖谈资,也是唇齿闲话。谈资与闲话我都喜欢。

我想终究是你闲话与谈资之间写出了徽商精神,徽州文化是题外话。文化是倒影,你写出了真身,倒影自然就立起来了。

你的第一讲是《“三言”、“二拍”中的徽商》,让我觉得亲切。“三言”“二拍”读得熟,有个阶段冯梦龙与凌濛初差不多是我书案的常客。

你在序中说口才不好、普通话不好，但我看完全书，觉得很受用，觉得很好。作家总是谦虚，有时候谦虚得妄自菲薄了。我看见很多作家演讲之前都说口才不好，演讲的时候又滔滔不绝、口若悬河。口才不好云云，是障眼法吧。

1936年，美国纽约举办第一届全美书展，主办者安排林语堂作演讲。当时林的《吾国与吾民》正在热销，读者争相欲睹风采。林穿一身蓝缎长袍，风趣幽默地纵谈其作为东方的人生观和写作经验。听众不断地报以热烈的掌声。大家正听得入神，林语堂突然收住语气说："中国哲人的作风是，有话就说，说完就走。"说罢，拾起烟斗，挥了挥长袖，走下讲台，飘然而去。

你的这些演讲，有话则长，无话则短，有令人怀想的风度。当年林语堂依稀就是这样吧。

我听过一些演讲，满嘴术语，拗口无聊的多。我不知道你这些演讲的具体听众是谁，不管是谁，谁听谁有福。

或许是因为这是一本演讲集，语言平实，读来和你前几本徽州系列作品不同，更令人接受。读完这本书，我大致可以勾勒出徽州商人的形象了。

六讲下来，能看见你思想的开阔。我越来越不耐烦小令式的表达了。

之八

我写作差不多快十年了，你从事文学差不多三十年了吧。到了今天，名利都有一些，生活无大忧，但你却一直保持充沛的写作动力，这点非常了不起。

我这些年写文章，生怕写油写滑。外界都说我的文笔好，我也为此得意过，但很害怕陶醉在文笔之中忘却了大东西的叙写，近来对灵性一类作品不敢多看了。你的写作，不讲究语言和小情趣，往大处写，写出雄浑、写出沉郁、写出大格调、写出大境界，这一点值得我学习。有作家说文章要“把气往大鼓，把器往大做，宁粗粝，不要玲珑。做大袍子了，不要在大袍子上追究小褶皱和花边”，近来读贤兄这些作品，可为印证啊。

胡竹峰

无梦到徽州

“徽州”，无论是作为一个地名，还是作为一个行政单位，今天已从中国的现实版图上消失了。这无疑是一种损失，且这种损失并不仅仅只属于徽州和徽州文化，也属于中国文化，因为徽州文化是中国文化中无论如何也不可忽略的一个单元和绕不过去的一方庭院！“一生痴绝处，无梦到徽州”，可对于如今的我们来说，残酷的现实和极大的讽刺恰恰似乎只能凭着梦中才能“到徽州”了，因为消失在今天的不仅仅是一个徽州的地名，而是连同其遗迹、风情和文化等，似乎都正在异化并逐渐走向消亡！之所以在一篇书评的开始我要发这样几句题离的牢骚，旨在就赵焰徽州叙写的文化背景和时代背景向读者作一提醒。

西谚云：“任何人来到世上，都无法占有文化，而只能被文化占有。”赵焰是安徽旌德人，旌德是古徽州的腹地，被徽州文化占有的赵焰是幸运的，这种幸运当然体现在他从小就得益于徽州文化的哺育，以至于自己的性格因之儒雅而不迂腐，人生因之能坚守又能远行，文学因之厚实而不空乏。看现实生活中的赵焰，是公务人员，是媒体人，是单位领导……工作和生活出入有无之间，左右逢源，得心应手；再看文化视阈中的赵焰是一介文人，一名学者，一位作家——只是“这一个”赵焰又是“不幸”的，因为占有他的徽州文化毕竟又只是一缕夕阳——夕阳无限好，只是近黄昏！受徽州文化哺育长大，而又不能不看到其夕阳本质的赵焰，应该比任何人都对徽州和徽州文化更流连，更无奈，更矛盾吧！因此，在《〈思想的徽州〉开篇的话》中，赵焰曾写下了这么一段话：“曾经有无数人问我：你喜欢徽州吗？我总是喃喃无言。对于这块生我养我的地方，对于这块异常熟悉又异常陌生的地方，是很难用喜欢或者不喜欢这样单薄的词汇去表达的。我对于徽州那种复杂的情感……已然‘却道天凉好个秋’了。”

然而，生活中的“欲说还休，却道天凉好个秋”，似乎正成了赵焰文学叙述欲罢不能的反衬，从他至今出版的近二十部著作来看，即使是其似乎远离了徽州的《淮河边上讲中国历史》、“晚清三部曲”系列等大众读本中，其历史文化叙述的背景和起点其实仍是徽州；至于其“徽州系列”中，“徽州”及其“徽州文化”则既是背景，也是景深，甚至景致、景物本身。

《老徽州》是据一些老照片及其上面的人、物、山、水而写成的散文、随笔、札记等。一个“老”字，让人最容易联想到的是陈旧、破落和过往，然而赵焰在该书“代序”中说：“从上世纪末开始，我便有意识地收集一些徽州的老照片了，没有其他的想法，只是想了解一个远去的、真实的徽州……只是想通过这些照片影像、勉强地拼凑起一个消失的老徽州，管窥一些历史的雪泥鸿爪，让包括我在内的人对老徽州的认识变得理有质感。”由此可见，《老徽州》一书与其说是一种文学创作，不如说是对于一段过往了的岁月和风干了的文化的一次回望与抚摸。对家族源流的梳理（如《那些山川》、《扬州的汪氏家族》、《汪裕泰与汪惕予》等）中，复活着一种崇正敬祖的文化基因；对徽商辉煌的追忆（如《传奇商人胡雪岩》、《小上海的繁荣》、《黄山旅社》、《徽菜走天下》等）的背后，凝聚着一种怀土恋乡的不解情愫；对吕碧城、胡适、陶行知等徽州名人的特写中，更流露对对于故乡人杰地灵的一种骄傲和自豪。

读《行走新安江》，让我不时感觉到赵焰是一个有着诗人气质的人，在他的眼里，新安江不是一条江，而是一部可分为五个乐章的交响乐——将美丽江河看成是一座画廊的不算罕见，但当作一部交响乐的真不多！

当代散文创作，由余秋雨《文化苦旅》开创的一种以“行走”方式叙写的所谓“文化大散文”曾风行一时，但是在这类散文中的“行走”，常常只是一种无意或随意的行走，其书写也往往只是种随兴的书写，兴起而作，兴尽而止，并无多少计划和规划；而赵焰的这部《行走新安江》则不同，它显然是一部既有预先计划，更有完整划的作品——一部书就写一条江。新安江可谓徽州的母亲河，为整条母亲河写一本书，这不但需要创作的勇气，或许更需要诗人的激情。《行走新安江》的确是一部充满了诗的意境和诗化语方的长篇散文，堪称中国当代散文的一部杰作。

12 篇文化散文和一部电视解说词组成的《思想徽州》，是一部整齐的文化散文作品集，其文化要素大体可分为三类：一是其崇祖怀乡的文化基因(《桃花源里人家》、《澄明婺源》、《徽州人》、《家族史》等)，二是耕读相传的家训世风(《秋雨西递》、《书院春秋》、《清明胡适》等)，三是重义轻利的价值判断(《徽州人》、《漫漫徽商路》等)。而此三者，应该就是“徽州文化”的最精髓所在了吧！因此，赵焰笔下的徽州，将会成为“徽州文化”一部分的——此为我在阅读其“徽州”系列过程中不时闪现于脑海的一个观点，读完后更成了一个结论。

我这样说的意思，当然不是指赵焰只停留在对于徽州历史的打捞上，相反，我的意思是，他的笔事实上在打捞出徽州这些过往人事的同时，事实上常常荡得很远。这或许得益于他长期从事中西方文化比较研究。请看他在对宏村村落建设天才构想表示出惊叹之余写下的一段话吧：“当年风水先生何可达测量风水准备大规模建设宏村的时候，下百 15 世纪的永乐年间。几乎是与此同时，在西方，达伽马航海、哥伦布航海、麦哲伦航海。从宏村的开始建设与 19 世纪末年的汪定贵，在宏村这个弹丸之地上，投入了多少财富，囤积了多少财富，又腐烂了多少财富？无数的财富都用于细得不能再细、考究得不能再考究的木雕、砖雕、石雕上，用于别出心裁的暗藏和自恋上，用于诗词的排遣以及麻将、大烟上。而与此同时，在地球的另一边，用财富打造的，却是威猛的战船，航行在太平洋、大西洋上，势不可挡。”这显然是传统的徽州文化这部大书中从来不曾有过的段落和篇章，为徽州文化写出如此新的篇章和段落的赵焰，其目光显然又已穿越了传统的徽州文化。这或许也正是他为什么为自己的“徽州”系列散文起一副题“第三只眼睛看徽州”的原因吧！

赵焰在《老徽州·代序·那时花开》中的一个比喻令人惆怅：“老徽州就这样远去了，就像一只蝉，在蜕下自己的壳之后，‘呀’的一声飞得无影无踪。”的确，谁也捉不住现实中那一只只终将飞走的蝉，但好在我们还有梦，梦中的我们或许也会变成一只蝉——

无梦到徽州。

诸荣会

借用慧眼看徽州

如今的徽州故地，已成为中外闻名的旅游胜地。黄山脚下，等待乘坐索道的人们排起了长龙；西递宏村，一拨又一拨的人流跟着导游的小旗涌进涌出。越来越多的人对徽州美景和徽州文化表现出了浓厚的兴趣。

作为一名出生、成长在徽州的学者和作家，赵焰不仅对徽州有着深厚的情感，而且对徽州文化有着深入的研究。他对于徽州的感受是凝重的，也是复杂的。他眼中的徽州是具体的，但渐行渐远；是明晰的，却成为回望中难以触摸的记忆。

赵焰的“第三只眼看徽州”系列丛书由北京师范大学出版集团安徽大学出版社推出，分为《老徽州》、《思想徽州》、《行走新安江》、《徽州梦忆》和《徽州老建筑》（与张扬合著）五部。整套丛书通过灵动、清新的散文笔法勾勒出徽州以及徽州文化的整体概貌，多变的视角、清新的语言、独特的解读令人眼前一亮。

在一次接受媒体的采访中，赵焰说：“文学给了我第三只眼，让我用另外一只眼睛去看待这个世界。在某种程度上，这种视角能让人发现很多别人看不到的东西。文学就是发现。”顺着赵焰的视线，跟着那些灵动的文字，我们可以透过浮躁而喧闹的表象，寻觅到一个隐现于历史尘烟中的老徽州的身影，由此贴近真正的徽州，感受其独特的文化魅力。

“一生痴绝处，无梦到徽州。”这是明代戏曲家、文学家汤显祖的著名诗句。赵焰在《徽州梦忆》中说到：“根据这样的诗句理解，到徽州是不需要做梦的，因为徽州本身就是梦想。当一个地方既遍地流金，又山川秀美，并且能够实现天地山水树人之间的和谐时，又何必再去梦想什么？”笔墨之间，不经意地流露出一个徽州人对故乡的热爱。可是，赵焰曾经说："对于徽州，我不陌生，但并不算熟稔；喜欢，但谈不上热爱。"也许，刻意与徽州保持必要的距离，是出于一个学者应有的理性自律和深度思考的客观要求吧。

赵焰笔下的徽州是一个多视角的徽州。他把徽州置于中国文化的历史长河中寻找其深层次的文化内涵，从东西方文化比较的高度俯瞰其属于自身的特质。

沿新安江顺流而行，他不断地回眸，探寻着徽州文化的本源。在《行走新安江》中，赵焰写到："徽州众多的隐士，造就了徽州亦儒亦道的精神，'儒'是进取的，是理性的，是社会的，是宗族的，是油然于心的；而'道'呢，则是个人的，直觉的，是天然的，是无可奈何的。儒和道，看似不相融，其实却是可以相融的。"

赵焰还把目光投向新安江水的汇流处、入海口，把河流文化与海洋文化联系起来。比如关于徽商的成因，赵焰谈到：经济学家"桑巴特在分析欧洲历史上最具创新能力的群体时，曾经指出：异教徒、移民、受排斥的人最有可能成为创新者。而徽州，很明显就是移民和受排斥人的家园。"关于徽商当时所处的环境，赵焰感概到："当欧洲列强用威猛的战船去追逐财富遍地的'印度'时，我们却把财富囤积在群山深处，竭力构筑自己的'桃花源'。在重重叠叠的群山之中是看不到海的，也不知山外世界的日新月异。我们就这样与世界渐行渐远、南辕北辙。"读到这里，我们似乎感受到随之相伴的喟然长叹。

对于徽州人物，赵焰有着细致入微的观察和深刻独到的见解。在《思想徽州》中，他谈到："徽州人在性格上表现得极其精细。与其它地方的人相比，徽州凡是需要在技艺和耐心上下功夫的东西总胜人一筹。徽州'三雕'闻名于世，不仅仅是技艺的过硬，同样，承载一个精细工艺的内心也是至关重要，那就是安静、不浮躁、心如止水。"在总体分析把握的同时，他从西递古村那素朴安静的表象上敏锐地察觉到:“这种素朴和安静却是内敛和压抑的结果,在骨子里,满是精巧的心思和算计。”并因此引发感慨:“缺少出世的情怀,缺少济世的理想。一个人,一个村落,甚至一个国家,如果没有理想,没有情怀,即使再会算计,再会修身养性,智慧的庸常终有一天会变成真正的平庸。”

通过探究,赵焰还发现:“徽州人尽管从普遍的意义上缺少‘敢为天下先’的性格,但在绝少的部分人身上,却暗藏着执拗而固执的个性,表面平和,内心坚定地走自己的路。”在谈起徽州人胡适时,赵焰认为“也许胡适性格中最本源的成分是来自徽州吧。是山清水秀的徽州,带给了他清明的本质,也带给了他健康而明朗的内心。在这样的内心中,一切都清清朗朗,干干净净。这样清明的内心决定了胡适有着非常好的‘智的直觉’,也使得他能够有一种简单而干净的方式去观察最复杂的事物,对万事万物的认识有着最直接的路径。”

如此由表及里、由面到点的透析,可谓切中要害,入木三分;虚实结合的评议,则蕴含着形而上的哲学思考,还有兴之所至的文学想象。

说起徽州建筑时,赵焰认为“徽州建筑是徽州文化重要标志,也是徽州的精气神所在,它们与山川、河流、田地、道路等融合在一起,构成了徽州整体上的优美、和谐景象。”《徽州老建筑》从民居、祠堂、牌坊、戏台、园林、书院、桥、塔、亭等方面,系统地介绍了徽州老建筑,具有很强的可读性、专业性和知识性。

在看到徽州建筑光亮的正面的同时,赵焰也注意到其明暗交织的侧面甚至背面的阴影处,并由此思考徽州建筑与徽州人之间的相互关联与影响:“在徽州的很多地方,虽然整体结构上呈现出的是从容清秀,但在骨子里,却一直有着那种浓重的戒备和敌意。徽州民居在建筑风格上所呈现出的封闭和内敛，实际上正是徽州人阴暗心理的无意识流露。”徽州本地人看到类似的评说也许并不乐意，但是，剖析得如此深刻，概括得如此精准，令人不得不由衷地信服和敬佩。

赵焰甚至直言不讳地说到：“我一直不喜欢徽州的许多东西，比如，老房子阴森的氛围，硕大而压抑的祠堂。那样的建筑，无论是从建筑思想还是从实用价值上，都有着严重的缺陷。我甚至觉得，徽州古民居承载了太多的教条和传统，压抑了创造力，压抑了人性，也压抑了人们的生活，在此屋檐下生活的人们，个人的空间太小，他们的全部生命，都属于父母、家庭、宗族、伦理等层层叠叠的关系。”由物及人，融会贯通；由浅至深，引人思考。

徽州，对于赵焰来说，是再也回不去的故乡。于是，他以《苍白的乡愁》作为丛书的总序。或许，正是难以排遣的缕缕乡愁，催化出这些不乏理性思考却带有感性色彩的文字。而乡愁情结，时常让人产生共鸣。

在《徽州梦忆》中，赵焰以“如梦”、“如幻”、“如泡”、“如影”、“如露”、“如电”引题，写徽州的山水民居、写徽州的名门望族、写徽州的商人故事、写徽州的文化名人，如此种种。或娓娓道来，或且叙且议，或慨然叹息、起伏自然、舒缓有致、情驰神纵、挥洒自如。如此真切却空灵、清晰但是迷离的徽州，当然别有一番魅力。莫非，这就是赵焰试图展现的那个真正的徽州？

赵焰为我们呈现的徽州，是一个多方位的徽州，也是一个多层次的徽州，不仅可以看到徽州的风貌、风物，还能够了解和感知徽州的风情、风俗乃至风骨。

其实，拥有不凡的眼力、深邃的眼光、独到的眼界，不仅需要神情的专注、学识的丰厚，更需要一种崇高的情怀，有的时候还需要借助必要的工具。

穿行在这套丛书的字里行间，我感觉赵焰特别有“镜头感”,更像是一个出色的摄影家:他通过广角镜头,在一个更大的时间和空间的视野中去观察徽州的概貌;他使用微距镜头,呈现出徽州文化的细枝末节,丝毫点滴;更多的时候,他透过标准镜头,还原留存于心中的真实的徽州影像,或虚化背景、突出主题,或加大景深、关照远近,力图展露清晰的前后景物;甚至还会通过红外线、X光等特殊镜头,透视到徽州的骨骼血脉和肌理经络,体现出一种超乎寻常的穿透力。

显然,不同人眼中的徽州是不一样的。佛学认为,眼睛从浅到深,可分为“五眼”:肉眼、天眼、慧眼、法眼、佛眼,分属于凡夫、天人、声闻、菩萨、佛。《无量寿经》云:“肉眼清彻,靡不分了;天眼通达,无量无限;法眼观察,究竟诸道;慧眼见真,能度彼岸;佛眼具足,觉了法性。”

只是,如若按照上述分类,不知赵焰的“第三只眼”究竟能否称作“慧眼”,抑或其他?然而,透过书中的字句,分明可以看清作者的眼神,关切而带有几分忧郁,深沉且隐含少许迷茫。

李学军

寻找徽州魂

熟悉、了解徽州和徽州文化的人都知道新安江对徽州的重要性，古徽州的一府六县，绝大部分都属于新安江流域内。把新安江称作徽州的母亲河以及徽州文化的摇篮从任何意义上来说都不过分。近年来，许多徽州文化的研究者都把对徽州的研究目光投向了新安江，许多散文家、诗人也同样把对徽州的缅想和抒怀赋予了新安江，在他们的文字里，古代徽州真正的魂魄应当就深藏在新安江这千年流淌的河水之中，要想真正走进徽州，必先要真正走进新安江。现在摆在我们面前的是媒体人赵焰的《行走新安江》。赵焰的《行走新安江》突出穿越历史时空、站在当代角度实现与历史徽州的思想对话。行文更多地体现为思绪激扬、遐想联翩的行走，以求在新安江的怀抱里欣赏、品读、追寻，试图通过新安江来寻找徽州魂。

赵焰的《行走新安江》更像一部散文随笔，作者从新安江源头沿着流淌的江水一路行走，以有影响的重要村落为依托，与流域内各种文化的遗存和沉淀进行着对话，其中尤其关注古代徽州文化先贤，领略和发掘他们身上曾在历史的时空中留下的光和影。该书延续了作者此前《思想徽州》、《千年徽州梦》的行文风格，以清丽的文字、飘逸的思维、灵动的想象，在为读者呈现了一个自然徽州、烟火徽州的同时，也为读者奉献了一个属于作者的文化徽州和思想徽州。这些都来自来自于他对徽州一种特别的认识："现在很多对于徽州的理解似乎有意无意地陷入了一个误区——我们把一些过去的东西想象得过于美好，在肯定它历史价值和审美价值的同时也高估了它的人文价值"。因此，在赵焰的笔下，清醒代替了盲目、穿越代替了沉湎，站在当代文化的角度反思历史代替了一味列数家珍的怀古讴歌。虽然作者的某些想法不免带有主观性甚至想象的色彩,但“行走”中的遐思漫想却具有一种历史的穿透性,具有一种对徽州人独特的“地方心灵”的内在感应,也是他找寻早年生活在徽州的老屋、街巷、村落所萌发的生命体验的记录,从而留给读者富有启迪的思考。

新安江畔的山林野地曾经是隐士们乐于选择的理想之所,许多来自中原的大姓望族,起先不少就抱有在此隐居的目的,在上游的率水两岸就流传有不少这样的隐士,成为今天后人们乐意谈论的骄傲的祖先。对此,赵焰认为:“徽州众多的隐士,造就了徽州亦儒亦道的精神。儒,是进取的,是理性的,是社会的,是宗族的,是由然于心的;而道,则是个人的,是直觉的,是天然的,是无可奈何的。”如果说,徽州人在经商和科举方面的努力更多体现的是“儒”的一面,那么晚年回归故土、终老乡野可能就出自“道”的因素。在徽商鼎盛的封建社会,再多的财富也无法转化为追求新的生产方式的动力,除了奢靡的消费和精致的享受,这些富人们也找不到更有意义的出路。况且,就总体上的徽州人而言,少数人的成功似乎改变不了整个群体的基本特征,更多遗留在本土的族人始终在悠闲的山水中享受着闲散和安逸,而这一旦成为这个群体的普遍追求,平庸与麻木随之也会慢慢降临,久而久之,灵山秀水之间,便日渐缺乏隽永的思想、清逸的吟唱和创造的冲动,不断增多的倒是贫血而苍白的人群。

新安江上游的两个重要支流率水和横江分别从休宁海阳的两侧穿过,使这里成为了钟灵毓秀的藏龙卧虎之地。这个人口不超过20万的县,在科举时代,曾创造了独出19个状元的奇迹,在全国1200年间总共800个状元中,几乎占据了四十分之一,以致当地人以打造“中国第一状元县”的品牌为此自豪,但赵焰站在更高的角度看到了问题另外的一面。他没有丝毫掩饰地写道:“虽然科举作为一种取士制度本身有着它的合理性,但因为在渐变过程中失去健康,也失去方向,加上统治者暗藏着的别有用心和阴谋,所以最后的结果可想而知。”更要命的还在于:“科举制度到了后期,由于考试内容越来越僵化,这种制度已严重限制了人们才能和创造力的发挥。从本质上来说,这样的文化现象丝毫不具备对于社会进步的推动,当一种制度和措施在方向上出现根本性错误时,这当中的力争上游,又具备什么意义呢?”他认为,真正从有助于人类文明进步的角度着眼,休宁后来出现的戴震也许更值得人们的缅怀。他明确地写道:“尽管休宁在科举上曾经状元满堂,但是,这些状元们的成就和思想加起来也比不上一个曾经在科举上名落孙山的同乡,这个人就是戴震。”

在新安江沿岸,有着诸多真正体现徽州独特文化的著名村落,这些村落从多个方面展示了传统徽州的内在奥秘,除了房屋、街巷、水口、牌坊、书院等等之外,最有代表性的还属宗祠。由于程朱理学的思想渊源,徽州的宗法制度非常谨严和完善,而众多宏大、精美的祠堂建筑正是这种宗法文化的物质体现。当赵焰走进这些祠堂时,他却感受到了那种四面八方传递来的无形气韵,既让他震撼,也让他谦逊和卑微,意识到自己的渺小。这样一种根本上缺乏对人性的理解和尊重的制度,其最终在现代化的冲击下走向没落是必然的。赵焰认为,这种宗法制度对于徽州的影响在很长时间里一直是巨大的,徽州的村落和家族,就是依靠这样无形的力量,盘整、喘息,然后向前运转。这也让我想起,许多徽州人在各个方面取得巨大的成功,往往是在走出徽州以后,而在本土,有大出息的很少,似乎外面的世界更有利于他们彰显生命的活力,他们的智慧和才能更有施展的天地。但让人叹喟的是,正是新安江,将当年的徽州人导向外面的世界,创造出了商业的奇迹。但同样是新安江,又把赚得满盆满钵的徽州人运回徽州,买地造房,使巨额资本转回到乡间,让他们在浓厚的宗族礼法氛围中安顿晚年。赵焰认为:"那些在外赚得盆满钵满的徽商们,一旦潜入这样的深宅大院,就像是一个拖着战利品躲进山洞的野兽一样,对于周围,一直保持着提防"。这样的心理状态,使他们无法真正理解财富和创造财富对于社会以及人生的最终意义。

在徽州历史和文化越来越受到人们重视的今天,我们看到众多历史史实的挖掘炫耀和文学篇章的浪漫抒怀,但似乎还缺少清醒、冷静的理性反思,赵焰的《行走新安江》却追求一种对徽州历史的深刻认识与穿越、期望达到对徽州历史文化的深层次把握、从而形成当代文化与传统文化之间的有意义的对话,这是值得我们重视的。

黄立华